ANSHUMAN KRIT
brahmayam

Dimensionen des Menschseins

Translated to German from the English version of

Anshuman krit Brahmayam

Mitautor - Aryama Srivastav

Editorin - Dr. Manorama Srivastav

Ukiyoto Publishing

All global publishing rights are held by

Ukiyoto Publishing

Published in 2024

Content Copyright © Anshuman Srivastav

ISBN 9789360496418

All rights reserved.
No part of this publication may be reproduced, transmitted, or stored in a retrieval system, in any form by any means, electronic, mechanical, photocopying, recording or otherwise, without the prior permission of the publisher.

The moral rights of the author have been asserted.

This is a work of fiction. Names, characters, businesses, places, events, locales, and incidents are either the products of the author's imagination or used in a fictitious manner. Any resemblance to actual persons, living or dead, or actual events is purely coincidental.

This book is sold subject to the condition that it shall not by way of trade or otherwise, be lent, resold, hired out or otherwise circulated, without the publisher's prior consent, in any form of binding or cover other than that in which it is published.

www.ukiyoto.com

WIDMUNG

**Samarth Guru
Dr. Chaturbhuj Sahay Ji**

इतिहास रात दिन
History is one
गतिशील कलंकित
sided exposed
चंद्रमा की भांति
like a tarnished
एक पक्षीय उजागर
moon moving
होता है और स्वयं
day-night and
को दोहराता है ।
repeats itself.

VORWORT

बौद्ध मुद्राओं से लेकर ईसा तक आर्य–अनार्य,
वेद–उपनिषद, पुराण, शास्त्र से उपवेद, संहिता,
सूत्र, स्मृति तक, रामायण– महाभारत से गीता–
रामचरितमानस, धर्म – अधर्म से पाप – पुण्य
और प्रायश्चित तक ।

Von buddhistischen Haltungen bis zu Christus, ariern und nicht-ariern, Veden, Upanishaden, Purana, Shastra Upaveda, Samhita, Sutra, Smriti, Ramayana - Mahabharata, Geeta-Ramacharitmanas, religios – unreligios bis hin zu Sunde-Tugenden und Suhne.

> प्रमाण्यबुद्धिर्वेदेषू साधनानामनेकता।
> उपास्यानामनियमः एतद् धर्मस्य लक्षणम् ॥

वेदों में प्रामाण्य बुद्धि, साधना के स्वरुप में
विविधता, और उपास्यरुप संबंध में नियमन ये ही
धर्म के लक्षण हैं ।

Eine authentische Weisheit in den Veden, Vielfalt in der Form der spirituellen Praxis und Regulierung in der Form der Anbetung - das sind die Merkmale der Religion.

धर्म संस्कृत भाषा का शब्द, जोकि धारण करने वाली 'धृ' धातु से बना है। "धार्यते इति धर्म:" अर्थात जो धारण किया जाए , वह धर्म है ।

Dharmá ist ein Sanskrit-Wort, das von der Wurzel dhre abgeleitet ist, was soviel wie halten bedeutet. "Dharyate iti Dharma" bedeutet, dass das, was besessen werden soll, Dharma ist.

अतः स्वीकार्यता – अस्वीकार्यता तथा आग्रह – निग्रह ही सार है। ब्रह्म – अंड , पिंड, ब्रह्मांड, ऊर्जा , तत्व, ध्वनि , प्रकाश से साकार और निराकार अस्तित्व – क्या, क्यों और कैसे ? यह सभी अध्यात्म और विज्ञान के विषय हैं।

Daher ist nur Akzeptanz – Nichtakzeptanz und Beharren und Zurückhaltung das Wesentliche. Brahma – And (Ei), Pinnd (Körper), Brahmand (Universum), Element, Klang, Licht, Energie bis hin zur körperlichen und formlosen Existenz – was, warum und wie? Dies sind alles Themen der Spiritualität und Wissenschaft.

जिसे समझने के लिए पहले प्रकृति को समझना होगा। सृष्टि चक्र में व्याप्त विरोधाभासी द्वैत – अद्वैत को समझना होगा। प्रकाश – अंधकार , जीवन – मृत्यु को समझना होगा । धरती गोल है, चौकोर है, संतरे जैसी है और सूर्य धरती की परिक्रमा करता है, जब कि धरती के मानक स्वरूप और गति की वैज्ञानिक व्याख्या जो कि आदि परिकल्पनाओं से भिन्न है। वह सब जानना करना होगा , जिसे हम विज्ञान कहते हैं। स्वयं को जानना समझना होगा, जिसे हम आध्यात्म कहते हैं।

Um das zu verstehen, muss man zuerst die Natur verstehen. Man muss das widersprüchliche dvait - advait verstehen, das im Weltkreislauf vorherrscht. Licht - Dunkelheit, Leben - Tod müssen verstanden werden. Die Erde ist rund, viereckig, wie eine Orange und die Sonne dreht sich um die Erde, obwohl die wissenschaftliche Erklärung der Standardform und Bewegung der Erde sich von den primitiven Hypothesen unterscheidet. All das muss getan werden, was wir Wissenschaft nennen. Um sich selbst zu kennen, muss man verstehen, was wir spirituell nennen.

बीता समय कभी लौट कर नहीं आता।
Die Vergangenheit kehrt nie zurück.

ईसा पूर्व छठवीं शताब्दी, जब संपूर्ण विश्व में धर्म स्वरूप को लेकर मानवता उद्वेलित थी । ऐसे में बोधिसत्वों की परंपरा से 28वें बुद्ध सिद्धार्थ की वाणी से आर्यावर्त मुखर हो उठा।

6. Jahrhundert v. Chr., als die Menschheit über die Form der Religion auf der ganzen Welt aufgeregt war. In einer solchen Situation wurde Aryavarta nach der Tradition der Bodhisattvas durch die Rede des 28. Budha "Siddhartha" lautstark.

गौतम बुद्ध ने मंत्र स्वरूप बुद्धम् शरणम् गच्छामि, संघम् शरणम् गच्छामि, धम्मं शरणम् गच्छामि तीन धर्म सूत्र दिए और उपदेश किया। उपरांत धर्म सूत्रों के आधार पर धम्म के मर्म से अनेक सुधार प्रमुख प्रकार से सत , रज, तम मूल गुण रूपों से प्रगट होते आए हैं । संसार की रचना गुणों के ही आधार पर हुई है।

Gautam Buddha predigte drei Dharmasutras in Form von Mantras: Buddham Sharanam Gachhami, Sangham

Sharanam Gachhami, Dhammam Sharanam Gachhami. Danach manifestierten sich auf der Grundlage dieser Dharma-Sutras viele Reformen aus dem Kern des Dhamma, hauptsächlich in Form von Sat, Raj und Tam. Die Welt wurde nur auf der Grundlage dieser Eigenschaften geschaffen.

यह सत, रज और तम तीन गुण प्रत्येक जीव संरचना में प्रभाव दिखाते हैं। मनुष्यों में सतोगुणी प्रभाव शांति, आनंद, प्रकाश और ज्ञान अर्पण करता है। रजोगुण अंतः करण को अशांत और चंचल बनाता है। तमोगुण सुस्ती काहिली और अज्ञान देता है ।

Sat, Raj und Tam, diese drei Gunas (Qualitäten) wirken in jeder Organismusstruktur. Der Sat verleiht Tugend, Frieden, Glückseligkeit, Licht und Wissen; Der Raj-Effekt beim Menschen macht das Gewissen unruhig und wankelmütig und Tam führt zu Lethargie, Faulheit und Unwissenheit.

किसी भी वस्तु के अंदर इन तीन गुणों का आभाव किसी भी काल में नहीं होता, यह सृष्टि का नियम

है। केवल इन में प्रतिशत विषमता आती है एवं कोई एक गुण ही प्रधान लक्षणित होता है। इन गुणों की विषमता को साधना से दूर कर के इन्हें अपने अंदर समता में करने वाले अभ्यासी साधक जीवनमुक्त माने जाते हैं । इन गुणों की साम्यावस्था ही त्रिगुणातीत कैवल्य पद कहलाती है।

Diese drei Eigenschaften fehlen zu keinem Zeitpunkt in irgendeinem Objekt. Das ist das Gesetz der Schöpfung. Bei ihnen gibt es nur eine prozentuale Ungleichheit und nur eine Qualität ist das Hauptmerkmal. Diejenigen Praktizierenden, die die Ungleichheit dieser Eigenschaften aus der Meditation beseitigen und sie in sich selbst in Gleichheit bringen, gelten im Leben als befreit. Der Gleichmut dieser Eigenschaften wird "Trigunateet Kaivalya Pada" genannt.

यह मन, शरीर और आत्मा के बीच की एक ऐसी कड़ी है कि जिसे साध लेने पर सभी कुछ हो सकता है। जिस ने एकाग्रता के साथ मानसिक शक्तियों पर अधिकार कर लिया हो, उन सिद्ध

शक्तियों का भौतिक संसारी कार्यों में व्यर्थ दुरूपयोग ना करता हो, जो इस संसार को ईश्वरमय देखता हो । हर समय, हर पल सर्वदा उस परम शक्ति परमात्मा की इच्छा से जुड़ा जानता हो व पूर्ण समर्पित हो सभी से प्रेम निष्ठा रखता हुआ अपनी असलियत न भूलता हो। ऐसे विवेकी मनुष्य के लिए आध्यात्मिक आनंद ही लक्ष्य होता है और वह इसे नहीं छोड़ता है। यही आत्मसिद्धि कहलाती है । ऐसा मनुष्य ही आत्मदर्शन का अधिकारी होता है। शांति और आनंद जो आत्मा के पास है, मन और शरीर से इसका कोई संबंध नहीं है।

Dieser Geist ist eine solche Verbindung zwischen Körper und Seele, dass alles möglich ist, wenn er genutzt wird. Wer die geistigen Kräfte konzentriert beherrscht, missbraucht diese bewährten Kräfte nicht in materialistischen weltlichen Werken und sieht diese Welt als göttlich an; Seien Sie sich jederzeit und in jedem Moment bewusst, dass alles mit dem Willen dieser höchsten Macht, Gottes, verbunden ist, und seien Sie völlig hingebungsvoll. Hält allen gegenüber Liebe und Loyalität, vergisst die Realität nicht. Für solch einen

weisen Menschen ist spirituelle Glückseligkeit das Ziel und er gibt es nicht auf. Dies nennt man Selbstverwirklichung. Nur eine solche Person hat Anspruch auf Selbstverwirklichung. Der Frieden und die Freude, die die Seele hat, haben nichts mit Geist und Körper zu tun.

सर्व व्यापी ब्रह्म, ज्ञात – अज्ञात, शेष – अनंत, अगम–अगोचर है, जिसे जानना तीसरे नेत्र– ज्ञानचक्षु, दिव्य – दृष्टि, आत्म – ज्ञान, से ही संभव है तथा सभी को इस प्रकार से जानने वाले त्रिनेत्र को आत्म ज्ञानी कहते हैं ।

Der alles durchdringende Brahm ist das Bekannte – das Unbekannte, das Verbleibende – das Unendliche, Unerreichbare – das Unsichtbare, das nur durch das dritte Auge (Gyanchakshu), die göttliche Vision der Erleuchtung, und das Trinetra, das alles weiß, erkannt werden kann diesen Weg nennt man erleuchtet.

सभी प्राणियों में स्व सीमांकित और उन्नत यह मानव जीवन परमेश्वर की अद्भुत कृति है। इतनी अद्भुत कि जरा सी नासमझी में वह स्वयं को

ईश्वर समझ बैठता है। अद्भुत इसलिए की शक्ति सामर्थ में आपार निहित ऊर्जा का धारक है। कुछ इस प्रकार की इसकी अधिकांश शक्ति सुप्तप्राय ही रहती है, जिसका विकास प्राकट्य प्रक्रियागत रहता है। किन्हीं विशेष परिस्थितियों में इसका स्वतः जागृत होना आश्चर्यजनक है। समस्या यह है कि मानव स्वमूल्यांकन करने में चूकता है।

Dieses menschliche Leben ist unter allen Geschöpfen selbstbegrenzt und fortschrittlich. Eine wunderbare Schöpfung Gottes. So wunderbar, dass er sich aufgrund eines kleinen Missverständnisses für Gott hält. Wunderbar, weil Kraft (Shakti) der Träger immenser Energie ist. Der größte Teil seiner Kraft bleibt auf diese Weise halbwach, deren Entwicklung ein Prozess der Manifestation ist. Es ist überraschend, dass es unter bestimmten besonderen Umständen automatisch erwacht. Das Problem ist, dass der Mensch sich selbst nicht einschätzt.

बिना किसी प्रत्यक्षदर्शी माध्यम के जानना तो दूर स्वयं को समग्रता से देख तक नहीं सकता।

आश्चर्यजनक यह है कि प्रत्यक्ष पर यदि दृष्टि एकाग्र हो गई तो वही अंतर्निहित शक्ति जागृत, विकसित – क्रियाशील हो जगत में स्वयं को एक पहचान देती है। बाह्य प्रक्रिया में खाना – पीना, खेलना – कूदना संध्या और ध्यान अर्थात ज्ञान व आनंद प्रकार से भोग का संतुलन – साधना , आंतरिक रूप से परमानंद अर्थार्थ से स्थूल– अहंकार से सूक्ष्म–अहं को प्रस्तुत होना ही जीवन उत्कर्ष है ।

Ohne direktes Zuschauermedium, geschweige denn Wissen, können sie sich selbst nicht einmal vollständig sehen. Das Überraschende ist, dass, wenn die Sicht direkt nach vorne gerichtet ist, dieselbe inhärente Kraft erwacht, sich entwickelt – aktiv wird und dem Selbst eine Identität in der Welt verleiht. Im äußeren Prozess, Essen, Trinken, Spielen, Springen, Abendgebeten und Meditation, d. h. dem Ausgleich von Genuss in Form von Wissen und Vergnügen, ist im Inneren die Präsentation von Glückseligkeit vom groben Ego zum subtilen Ego der Höhepunkt des Lebens.

जरा सोचिए स्वयं के बारे में आप हैं कौन ! संपूर्ण सत्य पहचान क्या है ? ऐसे में गुरु शिष्य परंपरा ही श्रेष्ठ मात्र विकल्प है, जान सकने का अन्यथा सारा जीवन उथल—पुथल का शिकार होकर रह जाता है। परम सौभाग्य से समर्थ सदगुरू की शरण जो मिल पाए , पूर्ण समर्पण यही आवश्यक कर्तव्य है, खेल – खोज है!

Denken Sie einfach an sich selbst, wer sind Sie?! Was ist die vollständige wahre Identität? In einer solchen Situation ist die Guru-Schüler-Tradition die einzig beste Möglichkeit, sie zu kennen, sonst wird das ganze Leben zum Opfer von Aufruhr. Zum Glück ist jemand, der in der Lage ist, den Schutz des Fähigen (Samarth), des Sadguru, zu find wesentliche Pflicht, sich völlig zu ergeben, das ist das Spiel und die Suche!

INHALTE

VORWORT.................................6

CHAKRA SUDARSHAN..................20

DWAIT....................................38

BRAHMAYAM...........................46

NUMEROLOGIE.........................60

SAT KAAM...............................70

DHYAN...................................76

NAGAR CHAUPAL......................84

THE CHITRA............................91

ÜBER DEN AUTOR....................108

Lasst uns den Glauben verbreiten, Nicht Superstition!

www.astrowrit.com

Unser Fachwissen

| **KARRIERE VORSCHLÄGE** | **GLÜCKSJUWELENEINMAL IM LEBEN** | **ANSHUMAN'S SARALVASTU GYAN** |

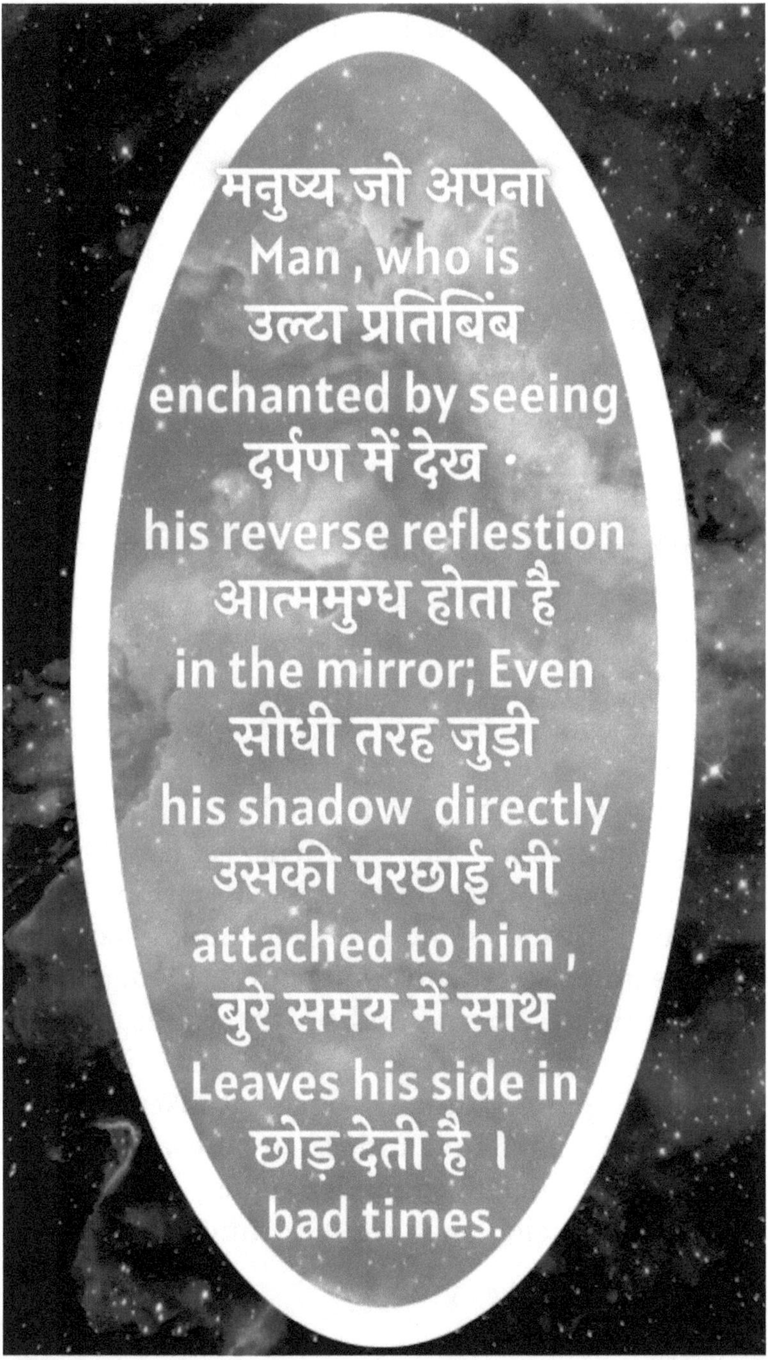

मनुष्य जो अपना
Man, who is
उल्टा प्रतिबिंब
enchanted by seeing
दर्पण में देख ·
his reverse reflestion
आत्ममुग्ध होता है
in the mirror; Even
सीधी तरह जुड़ी
his shadow directly
उसकी परछाई भी
attached to him,
बुरे समय में साथ
Leaves his side in
छोड़ देती है ।
bad times.

Chakra Sudarshan

यह जीवन-चक्र की सुंदर और कल्याणकारी व्याख्या है। गोलाकार अथवा वलयाकार घूर्णन गति ही संपूर्ण सृष्टि का आधार रहस्य है। ग्रह, नक्षत्र, तारे, यहां तक कि संपूर्ण ब्रह्मांड अपनी – अपनी कक्षाओं में अथवा अक्षों पर वालयाकार व घूर्णन गति करते हैं। कुछ आपस में नजदीक आ रहे होते हैं। साथ ही कुछ दूर जा रहे होते हैं। कुछ नष्ट हो रहे होते हैं, तो कुछ नए सृजित हो रहे होते हैं। लघु से विराट अर्थात अणु परमाणु से ब्रह्मांड तक यह क्रिया ही घटित हो रही है।

Dies ist eine schöne und wohltuende Interpretation des Lebenszyklus. Die sphärische oder elliptische Rotation ist das grundlegende Geheimnis des gesamten Universums. Planeten, Sternbilder, Sterne und sogar das gesamte Universum bewegen sich auf ihren jeweiligen Bahnen oder Achsen in kreisförmiger und rotierender Bewegung. Manche rücken einander näher, manche entfernen sich auch weiter. Einige werden

zerstört und andere werden neu geschaffen. Dieser Vorgang vollzieht sich vom Kleinen zum Großen, also vom Atom zum Universum.

सृष्टि की रचना से पूर्व चैतन्य ब्रह्म आनंद की निद्रा में था। इस जगत के सारे तत्व परमाणु छिन्न–भिन्न और रुके बिखरे भरे पड़े हुए थे। अंधकार सा छाया हुआ था । आदि ब्रह्म की चेतना जगी और उसके अंदर सृष्टि की रचना का विचार उठा । इस कल्पना शक्ति ने बाहर निकलकर तत्व परमाणुओं को ठोकर से चलायमान कर दिया जो गोलाकार घूमने लगे । तत्व परमाणुओं के आपसी घर्षण से एक घनघोर शब्द उत्पन्न होने लगा तथा स्वर्णमयी तेजयुक्त अग्नि उत्पन्न हुई । यह पहली ध्वनि थी और सृष्टि का निर्माण प्रारंभ हुआ। इस आदि शब्द ने सृष्टि को प्राण व जीवन दिया , इसे प्रणव कहा गया । ऋषियों ने समाधि स्थित होकर इस ध्वनि को सुना जो ध्वनियात्मक शब्द (ओ) से ईश्वर वाचक ऊँ पुकारा गया । इस प्रकार प्रणव ऊँ कहलाया, मुख्य नाम हुआ और दिव्य तेज मुख्य रुप हुआ । इस तरह नाम और रुप दोनो प्रकट हुए ।

Vor der Erschaffung des Universums befand sich Chaitanya Brahm im Schlaf der Glückseligkeit. Alle Elemente und

Atome dieser Welt befanden sich an verstreuten Orten. Es war wie Dunkelheit. Das Bewusstsein von Adi Brahma erwachte und in ihm entstand die Idee der Erschaffung des Universums. Diese Vorstellungskraft entstand und versetzte die Elemente und Atome mit einem Knall in Bewegung, die sich im Kreis zu bewegen begannen. Die gegenseitige Reibung der Elemente und Atome erzeugte ein donnerndes Geräusch und eine Flamme mit einer goldenen Glasur begann zu entstehen. Dies war der erste Ton und die Erschaffung des Universums begann. Dieses ursprüngliche Wort gab dem Universum Seele und Leben, es wurde Pranav genannt. Die Rishis, die behaupteten, in Trance zu sein, hören diesen Klang, der durch das phonetische Wort (O) "Das göttliche Om" genannt wurde. So wurde Pranav Om genannt, es wurde zum Hauptnamen und das göttliche Licht wurde zur Hauptform. Auf diese Weise erschienen sowohl der Name als auch die Figur.

मान्यता अनुसार आदि ब्रह्म, परम ब्रह्म असंख्य ब्रह्मांड का स्वामी है, पार ब्रह्म 7 संख ब्रह्मांड का

स्वामी है, काल ब्रह्म 21 ब्रह्मांड का स्वामी है । ब्रह्म सृजनकर्ता है, ब्रह्म की अवस्था 4 चरणों में

बताई जाती है तथा जो अंतर्निहित है 'अहम् ब्रह्मास्मि' (स्वयं) । यह ब्रह्मांड, आकाशगंगा, सौरमंडल, धरती, पंचतत्व आदि सभी कुछ इस धरती पर जीवन रूप से हम मानवों को उत्पन्न करने के लिए ही हैं। मनुष्य ईश्वर की सर्वश्रेष्ठ संतान है।

Nach dem Glauben ist Adi Brahm, Param Brahm der Herr unzähliger Universen, Par Brahm der Herr von 700 Billiarden (7 Sankh) Universen, Kaal Brahm der Herr von 21 Universen. Brahm ist der Schöpfer. Es wird erzählt, dass Brahm in vier Stufen existiert und dass es in sich selbst "Aham Brahmasmi" ist. Dieses Universum, die Galaxie, das Sonnensystem, die Erde, die fünf Grundelemente usw. sind alle nur dazu da, uns, Menschen, zu Lebensformen auf dieser Erde zu machen. Der Mensch ist das beste Kind Gottes.

मनुष्य का शरीर भी एक छोटा ब्रह्मांड ही है। इस ब्रम्हांड में जितना कुछ है उसका बिंब मनुष्य शरीर में आया है। इसलिए वहां उसे ब्रह्म – अण्ड और यहां इसे पिंड – अण्ड कहते हैं। मानव शरीर में

आंखों से ऊपरी भाग शारीरिक ब्रह्मांड तथा नीचे गर्दन से पिंड भाग जाना जाता है। सृष्टि के तीन भेद – कारण, सूक्ष्म और स्थूल, प्रकार से वर्णित है। सबसे ऊंचे स्थान में कारण तथा महा कारण से दो भेद हैं। इसी तरह सबसे निचले स्थान स्थूल में भी दो भेद होते हैं एवं मध्य में सूक्ष्म का स्थान होता है। सूक्ष्म, कारण और महा कारण के स्थानों का बिंब मस्तिष्क में आया है और स्थूल चक्रों का बिंब पिंड में पाया है। सब मिलाकर छह चक्र स्थूल के माने जाते हैं, जिन्हें षट्चक्र नाम से जाना जाता है ।

Auch der menschliche Körper ist ein kleines Universum. Das Bild von allem, was in diesem Universum existiert, ist in den menschlichen Körper gelangt. Deshalb heißt es dort Brahm-Anda und hier Pind-Anda. Im menschlichen Körper wird der obere Teil von den Augen als das physische Universum und der untere Teil vom Hals als Pind-Teil bezeichnet. Die drei Unterscheidungen der Schöpfung – Ursachen, subtile und grobe – werden auf unterschiedliche Weise beschrieben. Es gibt zwei Unterschiede zwischen der Ursache und der großen Sache an höchster Stelle. Ebenso gibt es zwei

Unterschiede im untersten Bereich, dem Grobstofflichen, und in der Mitte gibt es einen Ort des Subtilen. Das Bild der Orte des Feinstofflichen, der Ursache und der

großen Ursache ist im Gehirn entstanden und das Bild der grobstofflichen Chakren wurde im Körper gefunden. Insgesamt sechs Chakren gelten als grob, bekannt als Shatchakra.

मूलाधार – इसके अधिष्ठाता देव गणेश तथा अधिष्ठात्री देवी डाकिनी जानी जाती हैं।

Wurzelchakra - Seine vorsitzende Gottheit ist Gott Ganesha und die Göttin Dakini.

स्वाधिष्ठान – इस के अधिष्ठाता देव ब्रह्मा तथा अधिष्ठात्री देवी ब्राह्मी शक्ति मानी जाती है।

Sakralchakra - Seine vorsitzende Gottheit wird als Gott Brahma und Göttin Brahmi Shakti angesehen.

मणिपूरक – इस के अधिष्ठाता देव विष्णु तथा अधिष्ठात्री देवी वैष्णवी / लक्ष्मी मानी जाती हैं।

Solarplexus-Chakra - Seine vorsitzende Gottheit wird als Lord Vishnu und die Göttin Vaishnavi / Lakshmi angesehen.

अनाहत – इस के अधिष्ठाता देव शिव तथा अधिष्ठात्री देवी शैवी मानी जाती हैं।

Herz-Chakra - Seine vorsitzende Gottheit wird als Shiva und Devi Shaivi angesehen.

विशुद्धि – इस के अधिष्ठाता देव सदाशिव तथा अधिष्ठात्री देवी दुर्गा / महामाया के नाम से जानी जाती है।

Throat Chakra - Seine vorsitzende Gottheit ist als Sadashiv und Göttin Durga / Mahamaya bekannt.

छठवां आज्ञा चक्र, यह स्थूल और सूक्ष्म का संधि स्थल है और इसी प्रकार स्थूल , सूक्ष्म व कारण के पाँच और छठवां संधि स्थल, कुल मिलाकर 18 और महा कारण के सद्– चित् –आनंद अर्थात ब्रह्म, पारब्रह्म व आदिब्रह्म को लेकर कुल 21 स्थान बताए गए हैं।

Sechstens ist das Zentrum des Bewusstseins (Agya Chakra) die Verbindung zwischen dem Groben und dem Subtilen. Ebenso fünf der groben, subtilen und kausalen und sechste Verbindung, insgesamt 18; Und insgesamt wurden 21 Orte über das Sad-Chit-Anand

von Mahakaran erzählt, nämlich Brahm, Parbrahm und Adibrahm.

मनुष्य शरीर के मस्तक में पहला स्थान आज्ञा चक्र का है । यह प्रथम स्थान है जहाँ से जीवात्मा 'पिंड' शरीर में उतरता है और जागृत अवस्था में इसी स्थान से व्यवहार करता है , यह स्थूल अहंकार है ।

Im Kopf des menschlichen Körpers nimmt das Agya-Chakra den ersten Platz ein. Dies ist der erste Ort, von dem aus die Seele in den Körper hinabsteigt und sich im Wachzustand verhält, das ist das grobstoffliche Ego.

दूसरा **सहस्त्रार** अर्थात सहस्त्रदल—कवंल है, जो मस्तक के बीचो—बीच अंदर की तरफ है। इसे सूक्ष्म भुवन, मनोमय कोश कहा गया है। वेदांत विज्ञानमय और आनंदमय दो कोश इससे आगे मानता है , संतमत अनुसार आठ असली और दो संधि स्थान कुल दस स्थान मानते है ।

Das zweite ist das Kronenchakra, das Sahastradal Kawal (Bereich zahlreicher Lotusblumen), das sich in der Mitte des Kopfes befindet und nach innen zeigt.

Man nennt es subtiles Bhuvan, geistige Hülle. Vedanta betrachtete zwei Hüllen als die Hülle des Intellekts und die Hülle der Glückseligkeit. Zuvor gelten laut Santmat insgesamt acht Real- und zwei Knotenpunkte als zehn Orte.

इससे उपर मस्तिष्क में पीछे की तरफ त्रिकुटी है जो शीर्ष अर्थात चोटी के स्थान ब्रह्मरंध्र से मिली हुई उससे अलग और नीचे स्थित है, इसे विज्ञानमय कोश में कहा है। त्रिकुटी को ही तीसरी आंख अर्थात शिव नेत्र, ज्ञान नेत्र अथवा दिव्यदृष्टि कहते हैं। साधारण मनुष्यों में यह नेत्र बंद रहता है। जिस कारण उसे वस्तुओं का यथार्थ रूप नहीं दिखाई देता, ज्ञान अधूरा और शंका ग्रस्त रहता हैं। इस नेत्र के खुलते ही सूक्ष्म तत्व स्पष्ट दिखाई देने लगते हैं। शंकाओं का निवारण हो जाता है और वह निश्चयात्मक ज्ञान प्राप्त कर आगे निर्वाण क्षेत्र की ओर बढ़ जाता है तथा आत्मा का साक्षात्कार कर के मुक्ति पद लाभ प्राप्त करता है।

Darüber befindet sich das Dritte-Auge-Chakra (Trikuti) im hinteren Teil des Gehirns, das sich separat unterhalb von Brahmarandhra (der Spalte von Brahm) befindet. Der Ort des Gipfels wird Intellekthülle genannt. Trikuti selbst wird das dritte Auge genannt, also Shivas Auge, das Auge des Wissens oder der göttlichen Vision. Bei gewöhnlichen Menschen bleibt dieses Auge geschlossen. Deshalb sieht er die wahre Form der Dinge nicht, sein Wissen bleibt unvollständig und er leidet unter Zweifeln. Sobald sich dieses Auge öffnet, werden die subtilen Elemente deutlich sichtbar. Zweifel werden beseitigt und er bewegt sich vorwärts in Richtung Nirvana-Gebiet, nachdem er die Selbsterkenntnis erlangt hat, und erlangt durch die Befragung der Seele den Segen der Befreiung.

जब शक्ति की धार रचना करने के लिए अपने निजधाम से नीचे उतरती है तो, वह इस ब्रह्मांड में 5 स्थानों पर ठहरती हुई और मंडल बनाती हुई आती है। यही पंचकोश बोले जाते हैं। इन पाँचो का साक्षात्कार करना उनकी शक्तियों को जागृत कर अधिकार में ले आना पंचाग्नि विद्या बोली जाती है। अग्नि से तात्पर्य आत्मा से लिया जाता है।

Wenn der Rand von Shakti von seinem Nijdham (Ursprung) herabsteigt, um zu erschaffen, gelangt er in dieses

Universum, indem er an fünf Orten bleibt und Mandalas bildet. Diese werden Panchkosha oder die Fünfscheide genannt. Diese fünf zu befragen, ihre Kräfte zu erwecken und unter Kontrolle zu bringen, nennt man Panchagni Vidya. Die Bedeutung von Feuer kommt von der Seele.

प्रथम मंडल आनंदमय कोश जाना जाता है । जो सृष्टि के आरंभ से जुड़ा हुआ है। द्वितीय मंडल विज्ञानमय कोश कहा जाता है जहां , मैं हूं का अपना ज्ञान होता है। तृतीय मंडल मनोमय कोश कहा जाता है । यह विचार और विस्तार का स्थान हुआ। यहां मानसिक सृष्टि कही जाती है। विचार निश्चय से प्राण तत्व का उदय हुआ, जो चतुर्थ मडंल प्राणमय कोश कहलाता है। यहां चैतन्य प्राण में आत्मा जानी गयी और इससे आगे स्थूल तत्व अर्थात धूल का आवरण बना जो अन्नमय कोश कहलाया ।

Das erste Mandala ist als Anandmaya Kosha (die Hülle der Glückseligkeit) bekannt und wird mit dem Beginn der Schöpfung in Verbindung gebracht. Das zweite Mandala ist das Vigyanmaya Kosha (die Hülle des Intellekts), in dem es um das Wissen des Seins geht: "Ich bin". Das dritte Mandala heißt Manomaya Kosha (Geistige Hülle). Es ist ein Ort des Nachdenkens und der Expansion. Hier wird es geistige Schöpfung genannt. Aus Gedanken und Entschlossenheit entstand

das lebenswichtige Element (Seele), das vierte Mandal, Pranmaya Kosha (Lebenskrafthülle), genannt wird. Hier wurde die Seele im lebendigen Prana erkannt, und vor diesem grobstofflichen Element bildete sich die Staubhülle, die Annmaya Kosha (physische Hülle) genannt wurde.

इस प्रकार एक ब्रह्मांड की स्थापना हुई । प्रत्येक कोश में एक गुण और तत्व प्रधान होता है। अन्नमय कोश से अपने को उठाते हुए आनंदमय कोश के परे ले जाना योगसाधना कहलाता है । प्रत्येक कोश के साधन अलग हैं। प्राणमय का हठ योग, मनोमय का राज योग, विज्ञानमय का ज्ञान योग और आनंदमय कोश का प्रेम योग, समर्पण योग व आत्म योग भी कहा जाता है।

So entstand ein Universum. Jede Hülle hat eine vorherrschende Qualität und ein bestimmtes Element. Sich über die physische Hülle hinaus in die Hülle der Glückseligkeit zu begeben, nennt man Yog Sadhna. Die Ressourcen jeder Hülle sind unterschiedlich. Hatha Yoga von Pranmaya, Raaj Yoga von Manomaya, Gyan Yoga von Vigyanmaya und Prema Yoga und Samarpan Yoga, auch Atma Yoga genannt, stammen von Anandmaya Kosha.

वैदिक मान्यता अनुसार इस धरती पर जीव जंतु वनस्पतियों के प्रकार से 8400000 योनियाँ बताई गई हैं। जोकि आधुनिक विज्ञान में 8.7 मिलियन – 7.4 मिलियन प्रकार से जाने गए हैं, जिसमें 1.3 मिलियन जो कि रूपांतरण श्रंखला में गिव एंड टेक अर्थात लेन–देन, बनते–मिटते रहते हैं। इन दोनों के मध्य आपस का नजदीकी अंतर जो लगभग समान है, बेहद महत्वपूर्ण हो जाता है । इसका कारण देश, काल परिस्थिति के अंतर्गत दोनों पद्धतियों के अपने–अपने मानकों का निर्धारण है।

Nach vedischem Glauben wurden auf dieser Erde 8,400,000 Arten von Flora und Fauna beschrieben. In der modernen Wissenschaft sind dies 8,7 bis 7,4

Millionen Arten, von denen 1,3 Millionen in der Kette der Transformation, des Gebens und Nehmens entstehen und verschwinden. Die enge Unterscheidung zwischen diesen beiden nahezu identischen Typen ist äußerst wichtig. Der Grund dafür ist die Festlegung eigener Standards beider Methoden je nach Land, Zeit und Situation.

यह सभी योनियाँ जीवन का अद्भुत विज्ञान है। यह सभी चरणबद्ध क्रमिक एक दूसरे से जुड़े हुए हैं अर्थात मानव अस्तित्व की उत्पत्ति परस्पर निर्भरता पर आधारित है । जिसका अध्ययन आधुनिक विज्ञान में भोजन चक्र, कार्बन चक्र, नाइट्रोजन चक्र ... आदि प्रकारों से किया जाता है। अंक शास्त्र मे 1 से 10 के मध्य अंक 3 और 7 , जिनके शक्ति श्रृंखला तथा जीवन रहस्य की यही धारणा है । यही चक्रीय व्यवस्था जिसे हम जीवन चक्र कहते हैं , अर्थात चक्र सुदर्शन है ।

अंशुमान तालिका					
मंडल	शरीर/ दर्शन		गुण	तत्व	बल
आनंदमय कोश	आध्यात्मिक शरीर	परमात्मा / आत्मदर्शन	तम् सत् रज	आकाश	आत्म बल
विज्ञानमय कोश	मानस शरीर	प्रकाशमय कारण दर्शन	तम् सत् रज	वायु	ज्ञान बल
मनोमय कोश	सूक्ष्म शरीर	निज दर्शन	तम् रज सत्	अग्नि	मनो बल
प्राणमय कोश	प्राणमय शरीर	छांया दर्शन	सत् रज तम्	जल	प्राण बल
अन्नमय कोश	स्थूल शरीर	स्थूल दर्शन	सत् रज तम्	पृथ्वी	दैहिक बल

Anshuman Table

Sheath	Body / View		Quality			Element	Power
Bliss Sheath	Spiritual Body	Divine / Introspection	Tam	Sat	Raj	Sky	Soul Power
Wisdom Sheath	Mental body	Lightened Casual View	Tam	Sat	Raj	Air	Knowledge Power
Mental Sheath	Astral body	Self View	Tam	Raj	Sat	Fire	Morale Power
Life force Sheath	Etherial body	Shadow View	Sat	Raj	Tam	Water	Life Power
Physical Sheath	Physical body	Physical View	Sat	Raj	Tam	Earth	Physical Power

Das ist die wunderbare Wissenschaft vom Leben aller Arten. Alle diese Phasen sind sequentiell miteinander verbunden, d.h. Der Ursprung der menschlichen Existenz basiert auf gegenseitiger Abhängigkeit, die in der modernen Wissenschaft anhand der Arten des Nahrungskreislaufs, des Kohlenstoffkreislaufs, des Stickstoffkreislaufs usw. untersucht wird. Die Zahlen 3 und 7 von 1 bis 10 in der Numerologie, deren Kraftkette und Lebensgeheimnis das gleiche Konzept haben. Dieses zyklische System, das wir Lebenszyklus nennen, ist das Chakra Sudarshan.

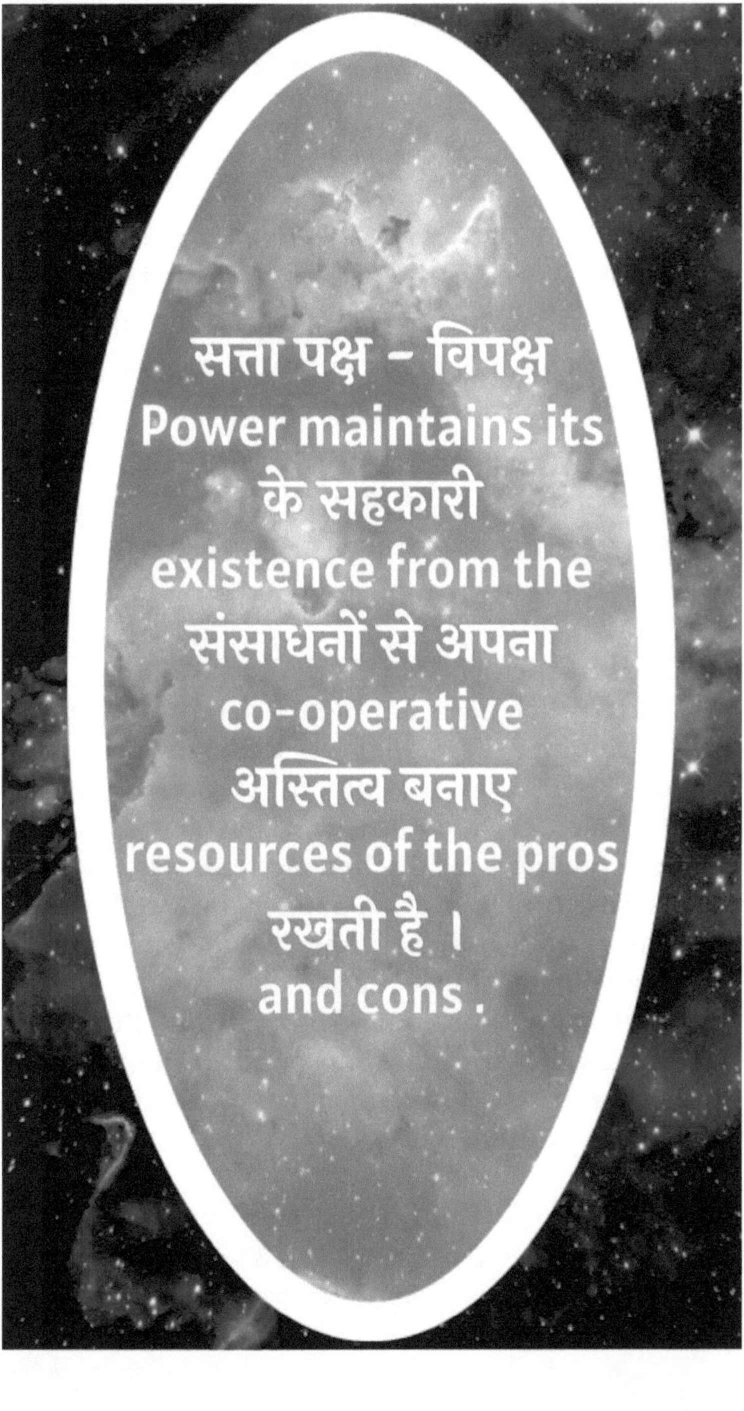

सत्ता पक्ष – विपक्ष के सहकारी संसाधनों से अपना अस्तित्व बनाए रखती है ।

Power maintains its existence from the co-operative resources of the pros and cons.

DWAIT

यह धरती अर्थात भूचक्र है। गति की चक्रीय व्यवस्था के मध्य सापेक्ष गति से विरोधाभास भी स्वाभाविक रूप से उपस्थित है। द्वैत–अद्वैत में द्वंद इसी प्रकार है। चक्रीय व्यवस्था में गति का सीधा प्रतिरूपण है द्वंद। इस प्रकार नर–नारी, जन्म–मरण, रात–दिन, धूप–छांव, सुख–दुख, सही– गलत आदि सब कुछ जो भी साथ–साथ है, द्वैत–अद्वैत दर्शन सिद्धांत है। यह सभी प्रदर्शन चक्रीय गति से ही प्रभाव रखते हैं।

Diese Erde ist ein Rotationszyklus. Der Widerspruch liegt natürlicherweise im System der Rotationsbewegung als Relativbewegung vor. So ist die Dualität in Dvaita-Advaita. Dualität ist die direkte Darstellung der Bewegung im zyklischen System. Auf diese Weise ist alles, was männlich und weiblich, Geburt und Tod, Tag und Nacht, Licht und Dunkelheit, Glück und Leid, richtig und falsch usw. zusammenkommt, das Prinzip der Dvaita-Advaita-Philosophie. Alle diese Darbietungen entfalten ihre Wirkung erst durch zyklische Bewegung.

ओराबोरस, एक प्रचीन धर्मिक प्रतीक है, जिसमें दो सर्प वृत्ताकार एक दूसरे की पूंछ अपने मुख में लिए हुए जीवन चक्र का द्वंद ही स्पष्ट करते हैं।

Der Ouroboros, ein altes religiöses Symbol, stellt die Dualität des Lebenskreislaufs durch zwei Schlangen dar, die sich kreisförmig umeinander winden und den Schwanz des jeweils anderen im Maul haben.

चेतन ब्रह्म विशिष्ट आवेशीय गति, पिंड स्वरुप से सृष्टि की रचना करता है । विशिष्ट आवेशीय गति के फलस्वरूप दो ध्रुवीय व्यवस्था जन्म लेती है , जो लगभग विपरीत दिशा से जानी जाती है। जिसे हम धनात्मक तथा ऋणात्मक आवेश से पहचानते हैं, जो कुछ किन्ही विशेष धातु या पदार्थों में चुंबकत्व के गुण स्पष्ट प्रदर्शित करता है। चुंबकत्व अर्थात आकर्षण और विकर्षण के माध्यम से भिन्न-भिन्न क्रियाएं और स्थिति पैदा करता है। जीवो में भी यह जैविक प्रारूप से प्रदर्शित होता है। जिसके विभिन्न प्रारूपों को हम विभिन्न नामों से जानते हैं।

Der bewusste Brahm erschafft das Universum mit einer spezifischen Ladungsbewegung in Form eines Körpers. Durch die spezifische Ladungsbewegung entsteht ein aus fast entgegengesetzten Richtungen bekanntes Dipolsystem, das wir mit positiven und negativen Ladungen identifizieren, was die Eigenschaften des Magnetismus in bestimmten Metallen oder Stoffen deutlich zeigt. Magnetismus erzeugt durch Anziehung und Abstoßung verschiedene Aktionen und Zustände. In Lebewesen kommt es auch in biologischer Form vor, deren unterschiedliche Formate wir unter verschiedenen Namen kennen.

आवेश अर्थात जज्ब, जो भावनात्मक आवेग प्रदर्शन करता हैं। उर्ध्व उत्थान (कैपिलरी राइज) एक वैज्ञानिक प्रयोग यह समझने के लिए काफी है कि जीव संरचना एवं प्रक्रिया में किस प्रकार प्रकृति नर एवं मादा के मध्य आवेगात्मक क्रिया के माध्यम से प्रजनन की व्यवस्था को बनाए रखती है।

Unter Ladung versteht man eine wirksame Ladung, die einen emotionalen Impuls darstellt. Kapillarer Aufstieg (Urdhvutthan), ein wissenschaftliches Experiment, reicht aus, um zu verstehen, wie die Natur das Fortpflanzungssystem durch impulsive Wirkung zwischen Männern und Frauen in der Struktur und dem Prozess des Organismus aufrechterhält.

इस संसार में कुछ भी ऐसा नहीं जो सूक्ष्म अथवा स्थूल रूप से इश्वर की योजना के विपरीत अथवा अलग हो रहा हो। जंतु अपने आनुवंशिकता (जीनोम योजना) के तहत अपने क्रियाकलाप करते हैं। जिसमें श्रेष्ठ उत्पाद जीवरूप में प्रतिबिंब प्रकार से मनुष्य है, एक जैविक कठपुतली। इसकी विशिष्ठता समझने के लिए विज्ञान तथा अध्यात्म के मध्य एक बहुत सुंदर तुलना है, इलेक्ट्रिक मोटर

और जनित्र का तथा इलेक्ट्रिक मोटर का सक्रिय परिपथ में श्रोत से तुल्यकालन।

Es gibt nichts auf dieser Welt, was auf subtile oder grobe Weise gegen Gottes Plan verstößt oder von ihm abweicht. Die Organismen üben ihre Tätigkeit entsprechend ihrer Vererbung (Genomsequenz) aus. Das beste Produkt ist der Mensch in Form einer Reflexion, einer biologischen Marionette. Um die Einzigartigkeit zwischen Wissenschaft und Spiritualität zu verstehen, ist ein sehr schöner Vergleich zwischen einem Elektromotor und einem Generator und der Synchronisierung des Elektromotors mit der Quelle in einem aktiven Stromkreis.

माया रूपी विपरीत ध्रुवीय चुंबकत्व अर्थार्थ से द्वंद के मध्य जन्म है। चुंबकीय फ्लक्स योजना अर्थार्थ से, उत्पन्न वृत्तियां हैं। उत्पन्न वृत्तियां शरीर में इंद्रियों के माध्यम से व्यवहार करती हैं, जो प्रमुखतः बहिर्मुखी परिणाम देता हैं तथा संस्कार (प्रोग्रामिंग) रूप से जीनोम में कूटबद्ध (कोडिंग) होती रहती हैं । ठीक उसी प्रकार जैसे एक विद्युत मोटर , श्रोत (जनरेटर) से जुड़कर अपना कार्य करता है। उर्जा प्रवाह ऊपर श्रोत से नीचे होता हुआ, परिणाम देता है।

Der entgegengesetzt polare Magnetismus in Form von Maya, d.h. h. Die Geburt geschieht

inmitten der Dualität. Magnetische Flusspläne sind in einem anderen Sinne abgeleitete Instinkte. Diese abgeleiteten Instinkte verhalten sich über die Sinne im Körper, die überwiegend extrovertierte Ergebnisse liefern und im Genom programmiert (kodiert) sind. So wie ein an eine Quelle (Generator) angeschlossener Elektromotor seine Arbeit verrichtet. Die Energie fließt von der Quelle nach oben, geht nach unten und liefert das Ergebnis.

मोटर का उद्देश्यगत निर्माण इसी प्रकार से किया गया है , किंतु इसी मोटर को प्रक्रियागत उल्टा प्रयोग करने से यह अल्प मात्रा में विद्युत संकेत देता है। मोटर का उद्देश्य जनित्र होना नहीं, तथापि वह जनित्र का गुण अवश्य प्रदर्शित करता है। शक्ति अर्थात ऊर्जा का प्रवाह जो ऊपर से नीचे को था, उसे नीचे से ऊपर अर्थात उर्धगामी करने से जो ऊर्जा संकेत अंश रूप से परिलक्षित होता है। वही पता है उस आदि श्रोत का, किंतु अंश मात्र, क्योंकि यह संसार ही प्रतिबिंब मात्र है।

Der Motor ist absichtlich auf diese Weise ausgelegt, aber die Verwendung desselben Motors für den umgekehrten Vorgang führt zu einem geringen elektrischen Signal. Der Zweck eines Motors besteht nicht darin, ein Generator zu sein, er weist jedoch die Eigenschaften eines Generators auf. Shakti,

also der Energiefluss, der von oben nach unten erfolgte, durch die Bewegung von unten nach oben, also nach oben, das Energiesignal, das teilweise reflektiert wird. Das heißt, wenden Sie sich an die Hauptquelle, aber teilweise, weil diese Welt nur ein Spiegelbild ist.

जब मनुष्य अपनी वृतियों को समेटकर, बहिर्मुखी से अंतर्मुखी कर, चित्त से ऊपर ध्यान करते हुए, नीचे स्थित कुंडलिनी शक्ति को ऊर्ध्वाधर करता है तो स्वयं ब्रह्म समान व्यवहार को जानता है कि परमसत्ता किस प्रकार है! स्वयं ब्रह्म समान होता है; ब्रह्म नहीं। शेष तुल्यकालन है अर्थात स्वयं को सही प्रकार से आदि श्रोत ब्रह्म से जोड़ना। वृत्तियों को ध्यान के माध्यम से ईश्वर के संचालन में अपने सत् कर्मों को करना ही परम ध्येय है।

Wenn ein Mensch seine Instinkte sammelt, sich vom Extrovertierten in den Introvertierten verwandelt, oben aus dem Herzen meditiert und die darunter befindliche Kundalini Shakti vertikalisiert. Dann weiß er selbst, wie sich das Brahma, das höchste Wesen, verhält! Er selbst wird Brahm ähnlich; aber nicht Brahm. Der Rest ist Synchronisation, das heißt, sich auf die richtige Weise mit der ursprünglichen Quelle Brahma zu verbinden. Das ultimative Ziel besteht darin, durch Meditation gute Taten unter der Kontrolle Gottes zu vollbringen.

जो ईश्वर के जिस रुप की साधना करता है , उसे ही प्राप्त होता है , उसमे ही गति होती है। तिर्यक भाव से अभीष्ट तथा सीधे मुख निर्वाण हेतु साधनारत होना चाहिये । अतः लक्ष्य अनुरुप ही भजन, भोजन तथा सतसंग करना और रखना चाहिये ।

jemand, der irgendeine Form Gottes verehrt. er versteht das, macht Fortschritte darin. Man sollte schräg für die Absicht meditieren und direkt für das Nirvana meditieren. Deshalb sollte man Gebete, Mahlzeiten und Zusammenkünfte entsprechend dem Ziel einhalten.

स्वाहा
गं
ग्लौं
ऐं
क्लीं
ह्रीं
श्रीं
हुं
ॐ

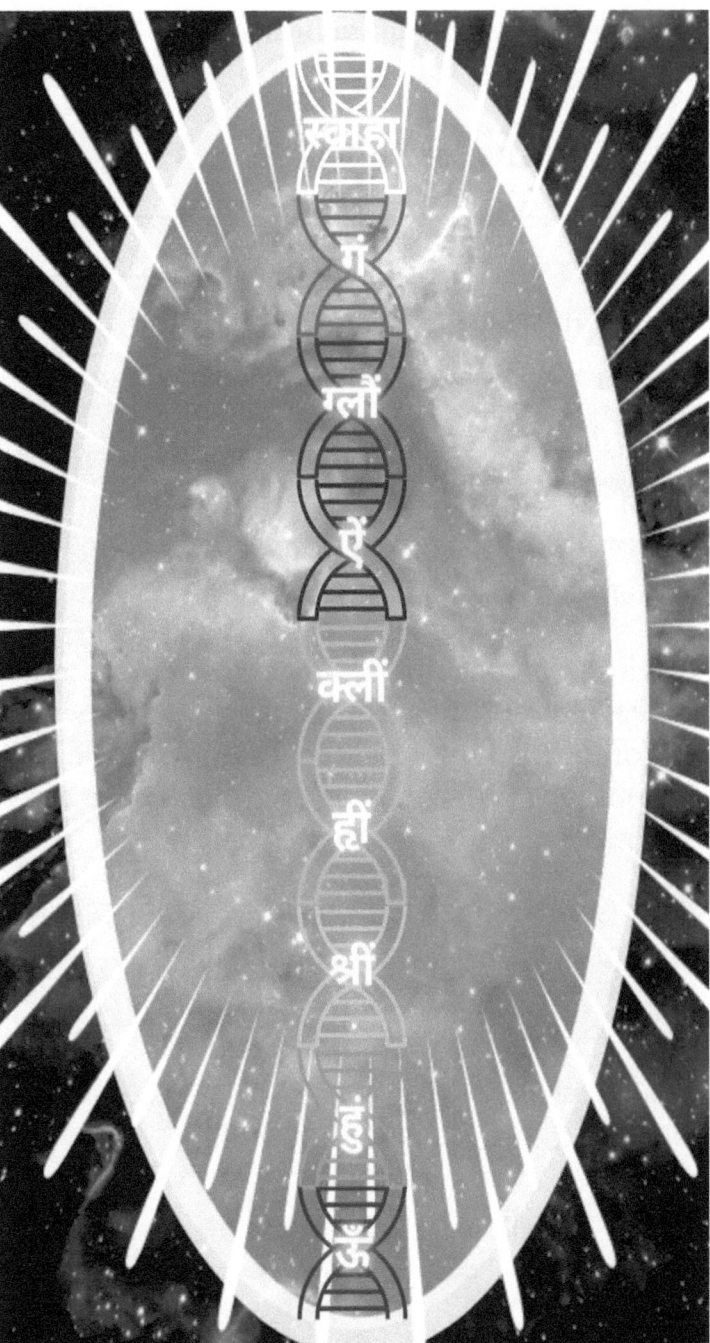

BRAHMAYAM

ओउम् अष्टचक्रा नवद्वारा देवानां पूरयोध्या।
तस्यां हिरण्ययः कोशः स्वर्गो ज्योतिषावृतः॥

यह मानव शरीर आठ चक्र और नौ द्वारों से युक्त देवों की पुरी है, जहां युद्ध नही होते। उसका हिरण्यमय कोश स्वर्ग की ज्योति आभा से ढका हुआ है ।

Dieser menschliche Körper ist eine Stadt der Götter mit acht Chakren und neun Toren, in der es keinen Krieg gibt. Seine üppigen Schätze sind mit der Aura des himmlischen Lichts bedeckt.

यह अद्भुत मानव शरीर आठ चक्र और नौ द्वारों वाला है । ये आठ चक्र , अर्थात् नाड़ियों के विशेष गुच्छे इस शरीर में मज्जातन्तु के केन्द्र रूप है , इन चक्रों में अनंत शक्तियाँ भरी हैं । इस शरीर में शाखा तथा प्रशाखाएं मिलाकर 72,72,10,201 संपूर्ण नाड़ियाँ होतीं हैं, जिसमें 72,000 यौगिक नाडियॉ हैं। इनमें इंगला , पिंगला और सुषुम्ना तीन नाड़ियाँ विशेष है ।

इसमें नौ द्वार हैं , दो आँख , दो कान , दो नासिका छिद्र , एक मुख, इस प्रकार सिर में सात द्वार हुये (आठवाँ) गुदा द्वार, (नौवाँ) मूत्र द्वार तथा (दसवां) ब्रह्मरंध्र , जो शीर्ष अर्थात चोटी के स्थान पर स्थित , ढका अर्थात बंद रहता है।

Dieser wunderbare menschliche Körper hat acht Chakren und neun Tore. Diese acht Chakras, d.h. spezielle Nervenbündel, die Zentren bilden, die mit dem Rückenmark in diesem Körper verbunden sind, diese Chakras sind voll von unendlichen Kräften. Es gibt insgesamt 72,72,10,201 Nadis und Kanäle in diesem Körper, von denen 72,000 yogische Nadis sind. Ingala, Pingala und Sushumna sind drei besondere Nadis. Es gibt neun Tore darin, zwei Augen, zwei Ohren, zwei Nasenlöcher, einen Mund, auf diese Weise gibt es sieben Tore im Kopf, (achtens) die Anusöffnung, (neuntens) die Harnöffnung und zehntens Brahmrandhra, das sich an der höchsten Stelle des Kopfes befindet und geschlossen bleibt.

ये दिव्य गुण युक्त आत्माओं (देवताओं) के ठहरने का स्थान है । इसमें रहने वाले समस्त जड़ और चेतन देवता सतर्क व जागरुक हैं । यहां अग्निदेव

नेत्र और जठराग्नि के रूप में, पवनदेव श्वाँस – प्रश्वाँस व दस प्राणों के रूप में , वरुण देव जिह्वा और रक्त आदि के रूप में रहते हैं । चैतन्य देवों में आत्मा और परमात्मा का यही निवास स्थान है । इसी प्रकार अन्य सभी शरीर के भिन्न–भिन्न स्थानों में निवास करते है, जो प्रत्येक एक संबंधित ग्रह का प्रतिनिधित्व भी करते हैं । सभी ग्रह मानव शरीर में उदय और अस्त होते हैं। " जब जागो तभी सवेरा ", एक सूरज भीतर भी उगता है ।

Dies ist der Wohnsitz von Seelen mit göttlichen Eigenschaften (Göttern). Alle darin lebenden trägen und bewussten Gottheiten sind wachsam und bewusst. Hier wohnt Agnidev in Form von Augen und Jathragni, Pawandev in Form von Atem und zehn Pranas, Varunadev in Form von Zunge und Blut usw. Dies ist der Wohnsitz der Seele und Paramatma, d. h. der Chaitanya-Gottheiten. In ähnlicher Weise befinden sich andere an verschiedenen Stellen des Körpers und repräsentieren jeweils einen entsprechenden Planeten. Alle Planeten gehen im menschlichen Körper auf und unter. "Immer wenn man aufwacht, ist es Morgen" geht auch drinnen die Sonne auf.

रात दिन के कालचक्र में, रात्रि का चौथा प्रहर सूर्योदय से लगभग 2 घंटा पूर्व ब्रह्म मुहूर्त कहा जाता है। इस प्रहर निद्रा त्यागने से, आध्यात्मिक क्रियाओं के माध्यम से, ईश्वर के आशीर्वाद को स्वयं जीवन में अनुभव करेंगे। एक ऐसा अनुभव जो स्वयं से ही अछूता रहता है । स्वस्थ शरीर में ही स्वस्थ मन का निवास होता है, इस हेतु त्रिकाल संध्या तथा एक समय में 3 से 5 प्राणायाम ही निर्दिष्ट है। सृष्टि का नियमन ही वह अनुशासन है जो समझ कर व्यक्ति को अपने दैनिक जीवनचर्या में अवश्य उतारना चाहिए।

Im Zyklus von Tag und Nacht wird die vierte Phase (prahar) der Nacht, etwa 2 Stunden vor Sonnenaufgang, Brahma Muhurta genannt. Wenn man zu dieser Zeit durch spirituelle Aktivitäten erwacht, wird man die Segnungen Gottes in seinem Leben erfahren. Ein Erlebnis, das für Sie selbst unberührt bleibt. Ein gesunder Geist wohnt in einem gesunden Körper. Für diese dreifache Anbetung (Trikal Sandhya) sind jeweils nur 3–5 Pranayams vorgeschrieben. Die Regulierung der Schöpfung ist die Disziplin, die ein Mensch verstehen und in seinem täglichen Leben umsetzen muss.

दिन में दैविक शक्तियां एवं रात में आसुरी शक्तियां प्रभावी रहती हैं। सांसारिक भोग मर्यादित तथा अमर्यादित प्रकार से दैवीय व राक्षसी प्रभाव उत्पन्न करते हैं । जीवन मृत्यु के मध्य जीवन–मूल प्रवृत्ति तथा मृत्यु–मूल प्रवृत्ति जानी जाती है। यह जीवन काल इन्हीं दो का अनुपातिक नियमन है। सुख और दुख की अनुभूति जीवन पर्यंत धूप–छांव के समान व्यक्ति के साथ बनी रहती है। शारीरिक रूप से भी मात्रा के अनुपात से यह दोनों साथ ही मौजूद रहते हैं। दुख अथवा पीड़ा का शारीरिक – मानसिक रूप से इसका नियमन ही श्रेष्ठ है।

Göttliche Kräfte wirken tagsüber und dämonische Kräfte wirken nachts. Weltliche Freuden durch moralische und unmoralische Praktiken erzeugen göttliche und dämonische Wirkungen. Zwischen Leben und Tod gibt es eine Grundtendenz zum Leben und eine Grundtendenz zum Tod. Diese Lebensdauer ist eine proportionale Regulierung dieser beiden. Das Gefühl von Glück und Leid begleitet den Menschen sein ganzes Leben lang wie Sonnenschein und Schatten. Physikalisch existieren diese beiden auch in proportionaler Menge zusammen.

Die Regulierung von Kummer oder Schmerz erfolgt am besten in körperlich-geistiger Form.

अनुशासन पीड़ा को थोड़ी—थोड़ी मात्रा में बिखेरता है और पीड़ा कम अनुभव होती है। एक साथ पीड़ा के बड़े आवेग को सहने से यह अच्छा है। इस प्रकार दूसरी तरफ, दुख से उपजा सुख, उद्देश्य और लक्ष्य रूप में प्राप्त किया जा सकता है। थोड़ा—थोड़ा ही सही करते हुए एक—एक सीढ़ी लक्ष्य की तरफ बढ़ने से लक्ष्य संधान होता है। यह लक्ष्य की योजना का अनुशासन देशकाल परिस्थितियों के अनुसार स्वयं पर ही निर्भर है, परंतु अनुशासन आवश्यक है।

Disziplin lindert den Schmerz in kleinen Mengen. Dadurch ist der Schmerz weniger spürbar. Das ist besser, als einen großen Schmerzanfall auf einmal ertragen zu müssen. Andererseits kann das aus Trauer entstehende Glück in Form von Zweck und Ziel erreicht werden. Indem man ein wenig korrigiert und sich Schritt für Schritt dem Ziel nähert, wird das Ziel erreicht. Die Disziplin der Zielplanung hängt von den Umständen ab, aber Disziplin ist notwendig.

यह सच झूठ भी अपना ही है। प्रकृति की द्वैतव्यवस्था अर्थार्थ से द्वदं है, खुद को सही-सही दर्पण में ना देख पाने जैसा। दर्पण में भी सत्य का भली-भांति ना प्रगट होना यह स्थूल आंखों का ही भ्रम है अर्थात संसार तो सत्य है, किंतु दर्पण झूठ है। तथापि यह संसार भी पानी के बुलबुले जैसा प्रतिबिंब स्वरूप ही है। इसलिए जीवन तो है क्षणभंगुर।

Dieses Wahre und Falsche gehört auch uns. Das ist das dualistische System der Natur, das heißt, es ist Dualität, so wie man sich selbst nicht richtig im Spiegel sehen kann. Die Wahrheit, die sich im Spiegel nicht einmal richtig offenbart, ist nur eine Illusion der groben Augen. Das heißt, die Welt ist wahr, aber der Spiegel ist falsch. Aber diese Welt ist auch ein Spiegelbild wie eine Wasserblase. Deshalb ist das Leben; aber nur von kurzer Dauer.

आवश्यकता है, सत्य स्वरूप प्रतिबिंब दिखाने वाले दर्पण की जैसे हम दूसरों को देखते हैं, खुद को भी देख सकें। यही कारण है कि हम दूसरों के दृष्टिकोण से खुद को संतुष्ट नहीं पाते। क्योंकि अनुमानतः सभी कोई अपने भ्रम का स्वयं ही शिकार होते हैं, दूसरों को सही देखते हुए भी

गलती कर बैठते हैं क्योंकि खुद ही गलत अर्थात अज्ञानी होते हैं।

Wir brauchen einen Spiegel, der unsere wahre Gestalt widerspiegelt, damit wir uns selbst so sehen können, wie wir andere sehen. Aus diesem Grund geben wir uns mit den Perspektiven anderer Menschen nicht zufrieden. Denn man geht davon aus, dass jeder ein Opfer seiner eigenen Illusion ist, auch wenn er andere richtig sieht, macht er Fehler, weil er selbst falsch und unklug ist.

ऐसे में सत्य का प्रकट होना अत्यंत जटिल है। एक ही मार्ग है, प्रथम स्वयं को सत्य रूप से जानना। बाह्य त्रुटिपूर्ण प्रतिबिंब को, सत्य रूप अंतर मन के दर्पण में देखना। अगर मन के दर्पण में आप स्वयं को देख सके तो यही आत्म दर्शन है और यदि मन में संसार को देखते हैं तो फिर आप एक बहुत बड़ी त्रुटि कर रहे हैं। निश्चय ही दिशाहीन भ्रम का शिकार होकर गलत परिणामों को प्राप्त होंगे । मानवीय संबंधों का भी यही रहस्यात्मक प्रारुप है। तथापि स्वयं प्रकृति के सत्य मार्ग , इस गूढ़ रहस्य का पालन करने से ही आप सच्चे प्रेम और मुक्ति के अधिकारी होंगे। अन्य कोई मार्ग नहीं है।

In einer solchen Situation ist die Manifestation der Wahrheit sehr kompliziert. Es gibt nur einen Weg, und der besteht darin, sich selbst wirklich kennenzulernen. Das äußere, fehlerhafte Spiegelbild als die wahre Form im Spiegel des inneren Selbst sehen. Wenn man sich selbst im Spiegel des Geistes sehen kann, dann ist das Selbstverwirklichung, und wenn man die Welt im Spiegel des Geistes sieht, dann macht man einen großen Fehler. Sie erhalten mit Sicherheit falsche Ergebnisse, wenn Sie richtungslosen Illusionen zum Opfer fallen. Das Gleiche gilt für die geheimnisvolle Natur menschlicher Beziehungen. Wenn Sie jedoch dem wahren Weg der Natur selbst, diesem tiefen Geheimnis, folgen, haben Sie Anspruch auf wahre Liebe und Befreiung. Es gibt keinen anderen Weg.

कल्पना में प्राण उत्पन्न होना ! मनुष्य के अंदर ईश्वरीय शक्तियां अंश रूप से उपस्थित है। किंतु मनुष्य की कल्पना यथासामर्थ्य अपना प्रायोगिक समय लेती है । मनुष्य को अपना यह रूप सामर्थ्य भी निर्धारित काल तक ही प्राप्त होता है। अतः जीवन रहते अपनी कल्पना का परिणाम देख पाना

सर्वदा संभव नहीं, तथापि क्रिया के परिणाम से मरणोपरांत भी इनकार कौन कर सकता है ! अपनी सोई शक्तियों के जागृत प्रभाव से कल्पना के साकार होने का काल नियंत्रण किया जा सकता है। "मनसा वाचा कर्मणा" , धार्मिक प्रकार से ही जीना चाहिए।

Verwirklichung in der Fantasie! Die göttlichen Kräfte sind teilweise im Inneren des Menschen vorhanden. Aber die menschliche Vorstellungskraft braucht so viel Zeit wie möglich zum Experimentieren. Diese Form und Kraft erhält der Mensch für eine gewisse Zeit selbst. Deshalb ist es im Leben nicht immer möglich, das Ergebnis der eigenen Fantasie zu sehen, aber wer kann das Ergebnis des Handelns auch nach dem Tod leugnen? Mit der erwachten Wirkung Ihrer schlummernden Kräfte können Sie den Zeitpunkt der Verwirklichung Ihrer Vorstellungskraft steuern. "Mansa Vacha Karmana", man sollte nur religiös leben.

समय की यात्रा ऐसी अवधारणा है जो मनुष्य होने के जिज्ञासा से जुड़ी हुई है। यह वर्तमान ही वह पल है जो भूत, भविष्य को धारण करता है।

बार्हियात्रा से अंर्तयात्रा, आनुवंशिकता जो संस्कारों के माध्यम से वर्तमान को प्रस्तुत होती है, भिन्नता से पीढ़ियों के रूप की यात्रा है। जो ज्ञानपूर्वक उपयुक्तता के चयन से संगठन शक्ति और सामर्थ्य प्राप्त करती है । यात्रा अर्थात भ्रमण, ''पानी बहता भला–योगी रमता भला''। प्रत्येक मनुष्य का जन्म इस आधार पर पृथक–पृथक कालखंड में होता है। विभिन्नताओं से भरा यह संसार, हम सभी अलग–अलग कालखंड में एक साथ उपस्थित होते हैं। यह एक पल वर्तमान ही जीवन है। सृष्टि की यही योजना काल है और हम सभी यात्री । इसका जो अर्थ है क्या आप सही मूल्य चुकाने को तैयार हैं? यह आप पर निर्भर है कि आप क्या चाहते हैं!!

''रात गंवाई सोय कर, दिवस गंवायो खाय ।

हीरा जनम अमोल था, कौड़ी बदले जाय ॥''

" Raat gavai soy kar, divas gavayo khay
Heera janam anmol tha, kaudi badle jae."

~Kabir Das

Eitreisen sind ein Konzept, das eng mit der Neugier, ein Mensch zu sein, verbunden ist. Es ist die Gegenwart, die Vergangenheit und Zukunft enthält. Die Reise von außen nach innen, das Erbe wird in der Gegenwart durch Rituale dargestellt. Es ist die Reise der Formen durch Variationen, durch kluge Auswahl der Eignung gewinnt sie organisierte Kraft und Stärke. Yatra bedeutet Tour: "Fließendes Wasser ist gut – meditierender Yogi ist gut." Demnach wird jeder Mensch zu einem anderen Zeitpunkt geboren. Diese Welt ist voller Vielfalt, wir sind alle zu unterschiedlichen Zeiten gemeinsam präsent. Dieser eine Moment ist das gegenwärtige Leben. Zeit ist der Plan der Schöpfung und wir alle sind Reisende. Das heißt, sind Sie bereit, den richtigen Preis zu zahlen? Es hängt von Ihnen ab, was Sie wollen!

कुछ भी ऐसे कैसे बदल सकता है ? जबतक प्रकृति स्वयं निर्णय ना ले! एकोहं बहुस्याम: की वैदिक भावना! प्रकृति जब पुन: स्वाधिकार करते हुए मनुष्य पर अधिकार प्रयोग करती है, प्रलय उपस्थित होता है। तानाशाह जन्म लेता हैं, अवतार होता है !!

Wie kann sich so etwas ändern? Bis die Natur selbst entscheidet! Der vedische Geist von Ekoham Bahusyamah! Wenn die Natur sich zwar selbst autorisiert, aber dennoch Autorität über den Menschen ausübt. Der Holocaust ereignet sich, der Diktator wird geboren. Es gibt eine Inkarnation!!

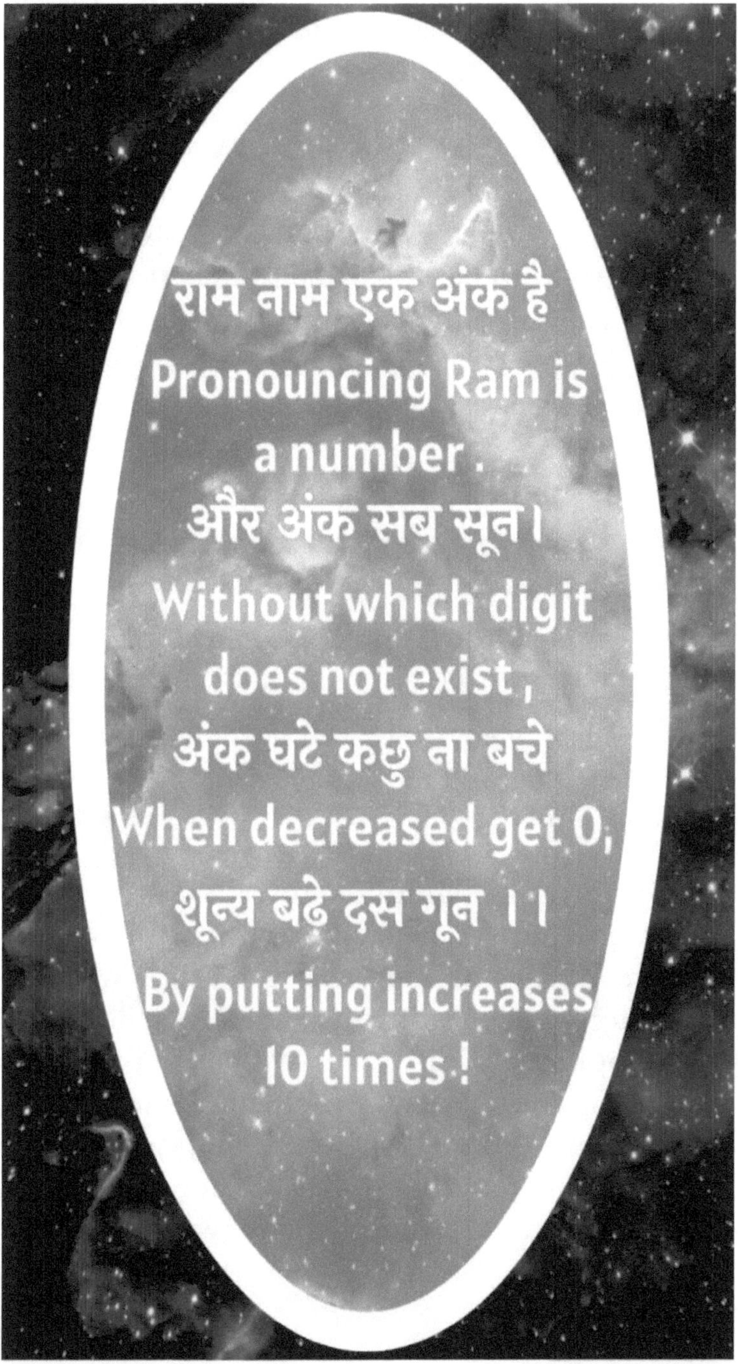

राम नाम एक अंक है
Pronouncing Ram is a number.
और अंक सब सून।
Without which digit does not exist,
अंक घटे कछु ना बचे
When decreased get 0,
शून्य बढे दस गून ।।
By putting increases 10 times !

NUMEROLOGIE

निराकार , गुणाकार , ब्रह्म स्वरूप शून्य प्रेरक रूप में स्वतः विस्तृत हो कर , अनेकों प्रकार से संप्रेषित होता हुआ इस सृष्टि का कारण बनता है । 'नाद' ब्रह्म की क्रियाशील पद्धति का प्रारंभिक स्तर है । सृष्टि के रहस्य मनुष्य की विचारशीलता से प्रकट होते हुये 'शब्द' के अतिरिक्त अन्य क्षेत्रों तक भी जा पहुंचे । स्वयं में अपरिभाषित शून्य की संख्याओं को सृजित करने की क्षमता अद्भुत है । वृत प्रकारान्तर से शून्य, जो विभिन्न इकाइयों , कोणिक आकृतियों में रुपान्तरित और विभक्त होता हुआ अन्य संख्याओं के लिये रेखा गणितीय आधार बन गया । संख्यायें जिनके संयोग से ही शून्य का व्यक्तित्व और उसकी शक्ति प्रकट होते हैं । भाषा प्रतीक बोधक है और संख्या सांकेतिक।

Der formlose Multiplikator, die Form von Brahma, erweitert sich in Form von Null, dem Motivator, der auf vielfältige Weise weitergegeben wird und zur Ursache der Schöpfung wird. Der "Naad" ist die Anfangsstufe der Arbeitsmethode von Brahma. Die Geheimnisse der Schöpfung, die sich durch die Nachdenklichkeit des Menschen manifestieren, erreichten auch andere Bereiche als das "Wort". Die Fähigkeit, selbst eine Anzahl unbestimmter Nullen zu erzeugen, ist erstaunlich. Von der Umwandlung eines Kreises in eine Null, der Umwandlung und Division in verschiedene Einheiten, Winkelfiguren, Zahlen. Zahlen, deren Kombination die Persönlichkeit und Kraft der Null offenbart. Die Sprache ist symbolisch und die Zahlen sind suggestiv.

'संख्या' जो कि 'शब्द' में लिखी जा सकती है, किन्तु संख्या के संकेत जितने बड़े प्रभाव क्षेत्र को मात्र 'शब्द' व्यक्त नहीं कर सकता है । यह संकेतात्मकता ही इन संख्याओं की शक्ति है । संख्या रुप में एक , अनेक व अनन्त, ब्रह्म के अपरिमित विराट स्वरूप को दर्शाते ये अंक और इनकी विभिन्न आवृतियां ही , इनके विभिन्न क्षेत्रों के प्रभाव व्यक्त करते हैं । अंको की इसी क्रियाशीलता को समझने अर्थात् जीवन के रहस्यों और अज्ञात भविष्य को ज्ञात करने का उपक्रम ही अंक ज्योतिष है । रंगों और रेखाओं के भी अपने – अपने क्षेत्रों के व्यक्तित्व है । 'रमल शास्त्र' जो कि अंको पर ही आधारित है। नक्षत्र स्वरूप नव ग्रहों के प्रतिनिधि इन अंकों में आश्चर्य समाया हुआ है ।

Die "Zahl" kann in "Wort" geschrieben werden, aber das "Wort" kann den Einflussbereich nicht so groß wie das Zeichen der Zahl ausdrücken. Diese Symbolik ist die Kraft dieser Zahlen. Diese Zahlen und ihre verschiedenen Frequenzen, die die unendliche Form des Einen, der Vielen und Brahma in Form von Zahlen darstellen, drücken den Einfluss ihrer verschiedenen Felder aus. Die Numerologie unternimmt es, diese Wirkung der Zahlen zu verstehen, das heißt, die Geheimnisse des Lebens und der unbekannten Zukunft zu kennen. Auch Farben und Linien haben ihre eigenen Persönlichkeiten. 'Ramal Shastra', das nur auf Zahlen basiert. Die Vertreter der neun Planeten in Form einer Konstellation, es ist eine Überraschung in diesen Zahlen.

दर्शनशास्त्र का गणितीय अर्थ, " मैं एक हूं, अनेक हो जाऊँ "! जब मानव ने अंकगणितीय रूप से 1 2 3... की गिनती शुरू की , यह क्या है ? या इसे बीजगणित में अ ब स ... के रूप में मानते हुए , वह क्या है ? रेखगणित में आकृति या संरचना के लिए , अज्ञात की ओर लक्षित है । इसी तरह

अज्ञात की खोज में, गणित में अनुप्रयोग के विभिन्न क्षेत्रों का विकास हुआ ।

Der mathematische Sinn der Philosophie "Ich bin einer, ich bin viele!" entstand, als der Mensch begann, arithmetisch zu zählen: 1, 2, 3... und so weiter, was ist das? oder durch die Annahme von a, b, c... wie in der Algebra, was ist das? für Form oder Struktur in der Geometrie, die auf das Unbekannte abzielt. Um das Unbekannte zu erforschen, sind in der Mathematik verschiedene Anwendungsbereiche entstanden.

गणित और इसके अन्य क्षेत्रों के विकास में दशमलव अंश , संभाव्यता , अंकगणितीय प्रगति आदि के रूप में मानव सीमा स्पष्ट रूप से परिलक्षित होती है । सभी जोड़, घटाव , गुणा या भाग में परिमेय और अपरिमेय संख्या का पता लगना आश्चर्यजनक है !

Die menschliche Begrenztheit spiegelt sich deutlich in der Entwicklung der Mathematik und ihres Fachgebiets in Form von Dezimalbrüchen, Wahrscheinlichkeiten, arithmetischer

Folge und verschiedenen Konzepten usw. wider. Insgesamt ist die Addition, Subtraktion, Multiplikation oder Division sowie das Finden rationaler und irrationaler Zahlen das A und O überraschend.

कभी – कभी एक स्थिरांक मान लिए बिना हम उचित परिणाम प्राप्त करने में असमर्थ होते हैं । दशमलव के मामले में तो यह बहुत चमत्कारी है, जब संख्याएं खुद को अनंत तक दोहराना शुरू कर देती हैं। शेष प्रमेय में जिसे शेष कहा जाता है, वह भी वैदिक अर्थों में भगवान का नाम है। 1 से 9 तक का अंतहीन प्रतिनिधित्व , यानी अनंत या अनंत तक की पुनरावृत्ति भी वैदिक अर्थों में भगवान का नाम है। इसका अर्थ है, शेष और अनंत भगवान के नाम हैं ।

Ohne die Annahme einer Konstante können wir manchmal keine angemessenen Ergebnisse erzielen. Im Dezimalsystem ist es sehr überraschend, wenn sich die Zahlen bis ins Unendliche wiederholen. Im Restsatz ist der Rest, der Shesh genannt wird, auch der Name Gottes im vedischen Sinne, die sich wiederholende Form, von 1 bis 9 endlose

Darstellung, also bis ins Unendliche, ist auch der Name Gottes im vedischen Sinne Sinn. Es bedeutet, dass Shesh und Anant der Name Gottes sind.

इस प्रकार कुछ अज्ञात ज्ञात हो गए । कुछ में , अज्ञात स्थिर के रूप में स्थापित हुए । कुछ परिणामों में , अज्ञात स्वयं को शेष और अनंत के रूप में प्रकट करता है । इसलिए , आप इसे पूरी तरह से नहीं जान सकते । आप बहुत कुछ जान सकते हैं , लेकिन कुछ कम ! चेतन ब्रह्म , ऊर्जा और तत्व धारण करता है , वह अद्भुत चैतन्य सत्ता अर्थात परमात्मा है । वह जो स्वयं इस संसार की रचना करके अंधकार और प्रकाश में छिपा है । यदि छिपने की प्रवृत्ति है , तो प्रकट क्या है ?

So wurde einiges Unbekanntes bekannt. In manchen etabliert sich das Unbekannte als Konstante. In manchen Fällen manifestiert sich das Unbekannte als der Rest und das Unendliche. Daher kann man es nicht vollständig wissen. Sie wissen vielleicht viel, aber ein wenig! Bewusster Brahm – enthält Energie und Element. Dieses wunderbare bewusste Wesen ist göttlich. Er selbst ist in

Dunkelheit und Licht verborgen, indem er diese Welt erschafft. Wenn es eine Tendenz zum Verstecken gibt, was manifestiert sich dann?

महान निष्कर्ष! तो वह कौन है ? मैं कौन हूँ ?
जैसे वैदिक अर्थों में ,

Tolle Erkenntnisse! Wer ist das dann? Wer bin ich? Wie im vedischen Sinne,

- आनंदं ब्रह्मं – परम सुख / अयमात्मा ब्रह्मः– मैं (आत्मा का) ब्रह्म हूं ।
  Das ultimative Glück /
  Ich bin (Atmas) Brahm

- प्रज्ञानं ब्रह्म – अनुभव ब्रह्म है
  Erleben ist Brahm

- सर्वंखल्विदं ब्रह्मः – ब्रह्म सर्वत्र है ।
  Brahm istüberall

- तत्वमसि – तुम ब्रह्म हो ।
  Du bist Brahm

- अहं ब्रह्मास्मि – मैं ब्रह्म हूं ।
  Ich bin der Brahm

मनुष्य परमात्मा का मानवीकरण है , अर्थात प्रकट है।

Der Mensch ist die Vermenschlichung des Göttlichen, das heißt, manifestiert.

साथ ही आकर या संरचना का सामने से , ऊपर से, बगल से, किनारे से , त्रिआयामी (आइसोमेट्रिक या ऑब्लिक) रेखांकन दृश्य ।

Sowie Form oder Struktur - Vorderansicht, Draufsicht, Seitenansicht und dreidimensional (isometrische oder schräge) Zeichenansicht.

इसी प्रकार अध्यात्म की भी पाँच अवस्थाएँ हैं । जिसे पंचकोशी साधना के नाम से जाना जाता है। प्रत्येक मंजिल का अभ्यास अलग है । एक उपकरण अंत तक काम नहीं करता है । इन पाँचों को पार करना और दृढ़ विश्वास के साथ उर्धगति में पाँचों से परे जाना साधना कहलाता है और जो इसे करता है वह साधक कहलाता है ।

Ebenso gibt es fünf Stufen der Spiritualität, die als Panchkoshi Sadhana

bekannt sind. Die Praxis jeder Stufe ist unterschiedlich. Ein Tool funktioniert bis zum Schluss nicht. Das Überschreiten dieser fünf Stufen und das Weitergehen mit einem festen Glauben an die Aufwärtsbewegung wird Sadhana genannt, und derjenige, der dies tut, wird Sadhak genannt.

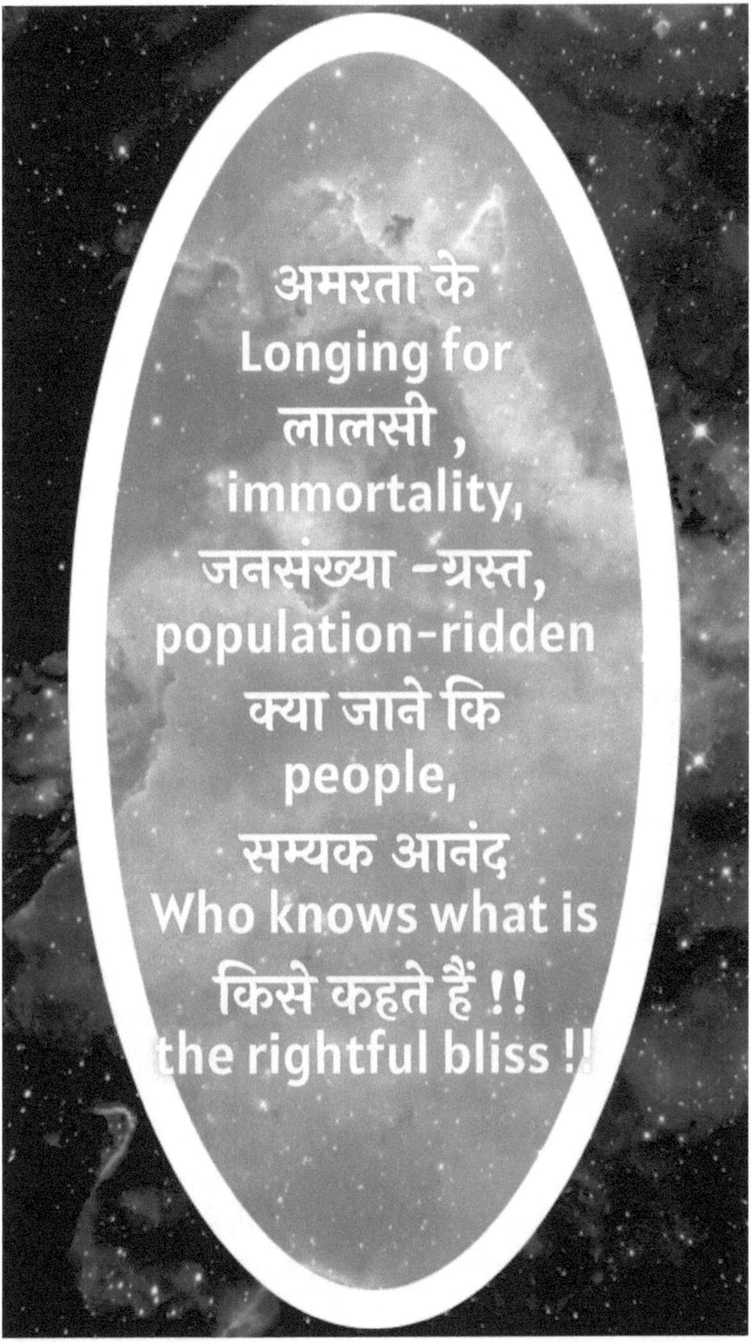

अमरता के Longing for
लालसी, immortality,
जनसंख्या–ग्रस्त, population-ridden
क्या जाने कि people,
सम्यक आनंद Who knows what is
किसे कहते हैं !! the rightful bliss !!

SAT KAAM

" पोथी पढ़ि पढ़ि जग मुआ, पंडित भया न कोय।

ढाई आखर प्रेम का, पढ़े सो पंडित होय।। "

" Pothi padh padh jag mua, pandit bhaya na koy,
Dhai aakhar prem ka , padhe so pandit hoy... "

-Kabir Das

सभी किताबें पढ़ कर मर गए, लेकिन कोई पंडित न हुआ । प्रेम का ढाई अक्षर जिसने पढ़ा वही पंडित हुआ।

Alle starben beim Lesen von Büchern, aber niemand wurde wissend. Die Person, die zweieinhalb Briefe von Prem (Liebe) las, wurde wissend.

अमुक स्त्री या पुरुष मुझसे प्रेम करता या करती है, ऐसा सोचना समझना विभ्रम है। स्त्री–पुरुष का प्रकृति भेद द्वैत है, जो एक चक्रीय पूरक व्यवस्था है। वास्तव में एक के ही परिवर्तित दो भिन्न रूपों का विकास एक रूप को अपने अंदर ही छिपा जाता है। प्रत्येक स्त्री अथवा पुरुष के अंदर एक पुरुष अथवा स्त्री छिपी होती है , जिसे ही हम वाह्य संसार में ढूंढते हैं । प्रमुख रूप से स्त्री को सृजन एवं पुरुष को सुरक्षा का उत्तरदायित्व प्रकृति प्रदत्त है । दोनों मिलकर संयुक्त रूप से पालन पोषण करते हैं। स्त्री चयन की प्रथम

अधिकारिणी होती है। स्त्री का स्त्रीत्व एवं पुरुष का पौरुष, यही आधारभूत भिन्नता आपस में आकृष्ट करती हैं, पुनः एक होने के लिए। इस प्रकार सृष्टि के चक्र की निरंतर गतिशीलता अर्थात पुनरावृत्ति होती रहती है।

Es ist eine Illusion zu glauben, dass eine Frau oder ein Mann mich liebt. Die Natur von Mann und Frau ist Dualität, ein zyklisches Komplementsystem. Tatsächlich verbirgt die Entwicklung zweier unterschiedlicher Formen desselben eine Form in sich. In jeder Frau und jedem Mann verbirgt sich ein Mann oder eine Frau, die wir in der Außenwelt finden. Die Verantwortung für die Schöpfung liegt hauptsächlich bei den Frauen und die Sicherheit ist bei den Männern von Natur aus gegeben. Beide pflegen gemeinsam. Die Frau ist die erste Autorität, die wählt. Die Weiblichkeit der Frau und die Männlichkeit des Mannes – das ist der grundlegende Unterschied, der sie zueinander hinzieht, um wieder eins zu werden. Auf diese Weise wiederholt sich die kontinuierliche Bewegung des Schöpfungszyklus immer wieder.

" चलती चाकी देखकर, दिया कबीरा रोय।
दुइ पाटन के बीच में, साबुत बचा ना कोय॥ "

" Chalti chaki dekh kar, diya kabira roy,
Dui patan ke beech me, sabut bacha na koy... "

– Kabir Das

जीवन के चक्रीय व्यवस्था में समाहित द्वैत –अद्वैत का सिद्धांत ही प्रदर्शित होता है । दोनों की आधारभूत भिन्नता अर्थात भिन्न मार्ग से आते हैं, एक स्थान पर मिलते हैं अर्थात एक होते हैं, पुनः अपने ही मार्ग पर चलते हैं। यह अपना मार्ग ही आत्मज्ञान का मार्ग है। "जोड़ियां स्वर्ग से ही बनकर आती हैं"। दो योग्य अर्थात समान स्तर से एक दूसरे को समर्पित युगल एक रूप अर्थात नर– नारी से अर्धनारीश्वर हो कर भवसागर पार परम धाम परमेश्वर को प्राप्त होते हैं। यही सच्चा प्रेम है। सच्चा प्यार सभी गुणों और आधार से ऊपर उठकर सभी भिन्नताओं से परे सभी बाधाओं को पार करता हुआ अपना लक्ष्य प्राप्त करता है।

Das Prinzip von Dvait und Advait, verkörpert im zyklischen System des Lebens, wird dargestellt. Die grundlegenden Unterschiede zwischen den beiden – das heißt, sie kommen von einem anderen Weg, treffen sich an einem Ort, werden eins und folgen dann ihrem eigenen Weg der Erleuchtung! "Ehen werden im Himmel geschlossen." Zwei Würdige, d. h. Paare, die sich auf

derselben Ebene – Mann und Frau – einander widmen, werden eins, "Ardhanarishvar", und gelangen durch das Überqueren des Bhavsagar zu Gott, dem ultimativen Wohnsitz. Das ist wahre Liebe. Wahre Liebe erhebt sich über alle Tugenden und Gründe und überwindet alle Hindernisse jenseits aller Unterschiede und erreicht ihr Ziel.

" रहिमन धागा प्रेम का, मत तोड़ो चटकाय।

टूटे पे फिर ना जुड़े, जुड़े गाँठ पड़ि जाय।। "

" Rahiman dhaga prem ka, mat toro chatkay,
Toote pe phir na jure, jure gath par jay...

– **Rahim Das**

चक्रीय निरंतर गतिशीलता ही सच्चे प्रेम के परख की कसौटी है और प्रेम–देयता ही मात्र विकल्प है।

Zyklische, kontinuierliche Mobilität ist das einzige Kriterium wahrer Liebe und nur die Gewährung von Liebe bedeutet Verantwortung.

" कस्तुरी कुंडल बसै, मृग ढूढ़ै वन माहि।

ऐसे घट घट राम हैं, दुनिया देखे नाहि।। "

"Kastoori kundal basay, mrig dhoondhe van maahi,
Aise ghat ghat raam hain, duniya dekhe naahi..."

– **Kabir Das**

जिस प्रकार ब्रह्म सृष्टि की प्रत्येक रचना में व्याप्त हैं किन्तु सब उसे देख नहीं सकते। रहस्य यही है– जिसे हम बाहर से ढूंढते हैं, ढूंढ लेते हैं , अंततः उसे प्राप्त करना अपने अंदर ही है।

So wie Brahm an jeder Erschaffung der Welt beteiligt ist, aber nicht jeder kann es erkennen. Das ist das Geheimnis: Was wir von außen suchen, finden wir Letztendlich liegt es in uns selbst, es zu bekommen.

" लाली मेरे लाल की, जित देखूँ तित लाल ।
लाली देखन मैं गई, मैं भी हो गई लाल ।। "

"Laali mere lal ki, jit dekhu tit lal,
Laali dekhan main gaee, main bhee ho gai laal..."

— **Kabir Das**

संछेप में "सभी से सौहार्दपूर्ण व्यवहार करे, कौन जाने उनमे से कोई अपना निकल आए।" यही प्रेमानंद से परमानंद अर्थात 'सत्–काम' है।

Kurz gesagt: "Behandle jeden herzlich, wer weiß, ob einer von ihnen vielleicht Dein eigener ist." Das ist alles von Liebe bis Ekstase, also "SAT KAAM".

अप्प दीपो भव
Be the source of
light by yourself.

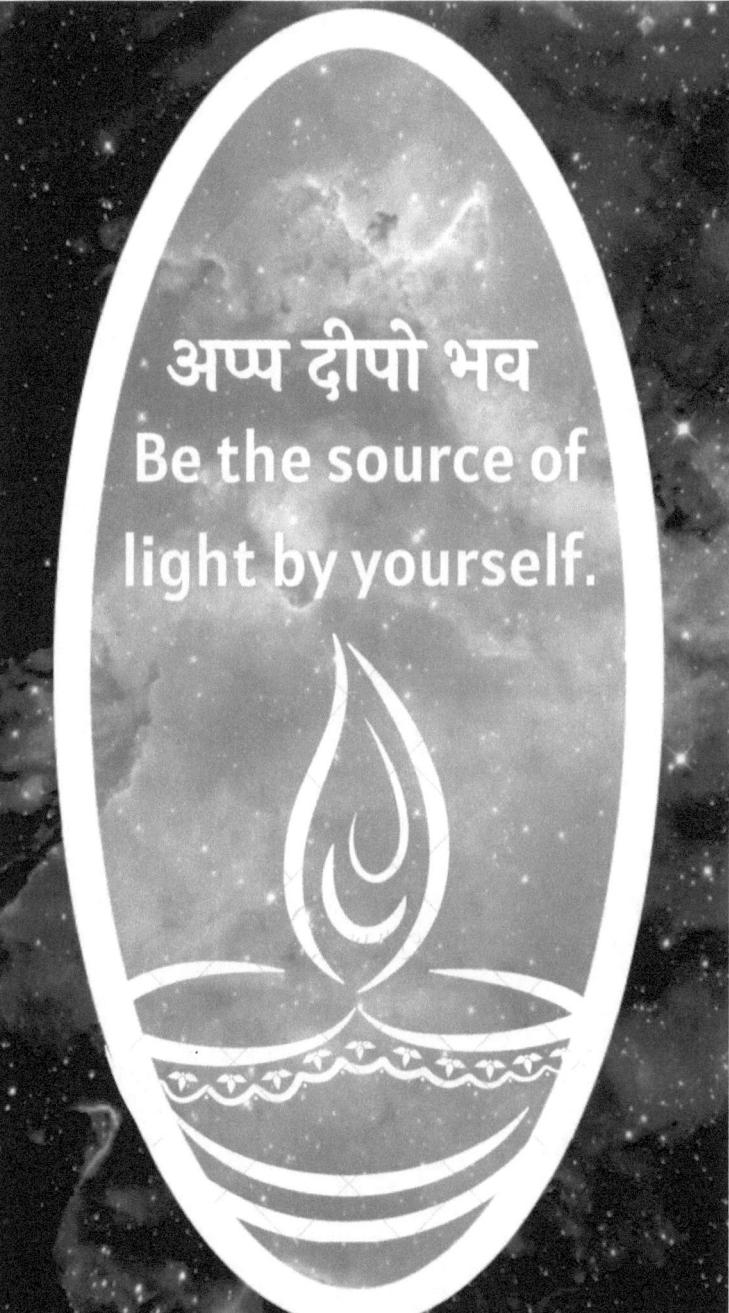

DHYAN

"ध्यान ही कुंजी है।" मनुष्य होने के कर्म की वैज्ञानिकता एक दीपक प्रज्जवलित करने के समान है जिसे धर्मोपदेशों में "अप्प दीपो भव" से बताया गया है। दिया, जो कि निर्धारित ऊर्जा से निर्धारित समय तक ही जलता है। ईंधन समाप्त तो दिया भी बुझ जाता है । दिये का ईंधन संवाहक माध्यम से भीग कर स्वतः ऊपर उठता है तथा प्रज्वलित किए जाने पर शिखर प्रकाशित हो जाता है । प्रकाश फैलता है और अंधकार दूर होता है । ठीक इसी प्रकार सृष्टि की रचना करने वाली आद्याशक्ति जो कि सभी प्राणियों को जीवन प्रदान करती है। मनुष्य शरीर के निचले तल गुदा चक्र "मूलाधार" में सुप्त रहती है। यह सूक्ष्म शक्ति ही कुंडलिनी कही जाती है। इस शक्ति को जागृत , उर्ध्वगामी कर षट्चक्र बेधन करने से सहस्त्रार प्रकाशित होता है। मनुष्य की अलौकिक दिव्य शक्तियां जागृत हो उठती है।

"Meditation ist der Schlüssel." Die Wissenschaftlichkeit der Arbeit als Mensch gleicht dem Anzünden einer Kerze, was in den Predigten als "app deepo bhav" erklärt wird. Eine Lampe, die für eine bestimmte Zeit mit einer

bestimmten Energie brennt. Wenn der Kraftstoff zur Neige geht, erlischt auch die Lampe. Der Brennstoff der Lampe steigt automatisch nach oben, nachdem er durch das leitfähige Medium nass geworden ist, und wenn er gezündet wird, wird die Turmspitze beleuchtet. Das Licht breitet sich aus und die Dunkelheit verschwindet. Ebenso schlummert die Urkraft, die das Universum erschafft und allen Lebewesen Leben schenkt, in der unteren Etage des menschlichen Körpers, dem Guda Chakra "Muladhara". Diese subtile Kraft wird Kundalini genannt. Indem man diese Kraft nach oben erweckt und das Shatchakra durchdringt, wird Sahastrar erleuchtet. Die übernatürlichen göttlichen Kräfte des Menschen werden erweckt.

चक्र – बेधन , शक्ति जागरण अथवा कुण्डलिनी उत्थान प्रत्येक साधन से होता है चाहे वह योग मार्ग हो , चाहे उपासना या भक्ति मार्ग हो और चाहे ज्ञान व प्रेम मार्ग हो। प्राणायाम और मुद्रा ही कुण्डलिनी को नहीं उठाती बल्कि साधारण धारणा और ध्यान भी उसे नीचे से ऊपर खींच लेते हैं ।

इस प्रकार सन्तों का सुरति , शब्दयोग और सहजयोग, गीता का साम्ययोग व आत्मयोग , भक्तिमार्गियों का भक्तियोग व प्रेमयोग, वेदान्तियों और दार्शनिक का सांख्ययोग व ज्ञानयोग इत्यादि सभी से यह संभव होता है।

Chakra-Piercing, Shakti Jagran oder Kundalini-Anhebung werden mit allen Mitteln durchgeführt, sei es auf dem Weg des Yoga, der Anbetung oder der Hingabe und sei es auf dem Weg des Wissens und der Liebe. Nicht nur Pranayama und Mudra heben die Kundalini, sondern auch einfaches Dharna und Meditation ziehen sie von unten nach oben. Auf diese Weise ist es möglich durch Surati, Shabda Yoga und Sahaja Yoga der Heiligen, Samya Yoga und Atma Yoga der Gita, Bhakti Yoga und Prema Yoga der Anhänger, Sankhya Yoga und Gyan Yoga der Vedantisten und Philosophen usw.

प्रत्येक मानव शरीर के चारों ओर एक अण्डाकार घेरा होता है जो तेजपुंज का बना होता है । यह स्थूल और तेजपुंज दोनो मिल कर लंबी गोल ब्रह्मांडीय आकृति प्रकट करते है। यह तेजपुंज स्थूल नेत्रों से देखने में नहीं आता जो लोग

अभ्यास और साधन की सहायता से अपने सूक्ष्म नेत्रों को खोल लेते हैं, उन्हें साफ नजर आता है। प्रत्येक व्यक्ति का तेजपुजं एक जैसा नहीं होता , उनके रंग और रूप में अन्तर होता है । बुरे विचार वाले मनुष्यों का तेजपुजं स्याह , सतकर्मियों का श्वेत , योगियों और सिद्धों का सुनहरा , शक्ति उपासकों का लाल और सन्तों व महान पुरुषों का अत्यन्त निर्मल ज्योतिर्मय दिखाई देता है। जो जितनी ऊँची चढ़ाई करता जाता है उतना ही अपने तेजपुंज को भी दिव्य बनाता जाता है ।

Um jeden menschlichen Körper herum gibt es einen elliptischen Kreis, der aus Tejpunj besteht. Zusammen ergeben diese groben und hellen Massen eine lange kreisförmige kosmische Form. Dieser Lichtstrahl ist für die grobstofflichen Augen nicht sichtbar, er ist für diejenigen deutlich sichtbar, die ihre feinstofflichen Augen mit Hilfe von Übung und Mitteln öffnen. Der Tejpunj ist nicht bei jedem Menschen gleich, es gibt Unterschiede in Farbe und Form. Die Strahlung von Menschen mit schlechten Gedanken erscheint schwarz, die von rechtschaffenen Menschen ist weiß, die von Yogis und Siddhas ist golden, die von

Shakti-Anbetern ist rot und die von Heiligen und großen Menschen ist äußerst rein. Je höher man klettert, desto göttlicher wird das eigene Licht.

एक अकेला दिया कुछ ही दूर का अंधेरा दूर कर सकता है, जब तक जलता है। किंतु अनेक दिये एक साथ मिलकर जलाए जाएं तो अंधकार का दूर तक नाश हो जाता है। सब कुछ दूर तक स्पष्ट दिखाई देने लगता है। यही सामूहिकता की शक्ति है। स्वयं प्रकाशित होना तथा दूसरों को भी प्रकाशित करना। एक से दूसरा फिर तीसरा इसी प्रकार अनगिनत दिये जलाना ही उत्कृष्ट मानव कर्तव्य है। जैसी एक दिये की जलती हुई स्थिति में प्रकाश की स्थिति होती है, वैसी ही मनुष्य की भी होती है। चिराग तले अंधेरा एक कहावत है। यह प्रकाश और अंधकार द्वैत अर्थार्थ से द्वंद है। अंधकार अंत नहीं है।

Eine einzelne Kerze kann die Dunkelheit über eine kurze Distanz vertreiben, solange sie brennt, aber wenn viele Lampen gleichzeitig angezündet werden, wird die Dunkelheit weitgehend zerstört. Alles scheint aus der Ferne deutlich sichtbar zu sein. Das ist die Kraft der Kollektivität. Sich selbst zu erleuchten und auch andere dazu zu bringen, erleuchtet zu werden, ist eine ausgezeichnete menschliche Pflicht, unzählige Lampen anzuzünden, von einer zur anderen, dann zur dritten und so vielen. So wie es im brennenden Zustand einer Lampe den Zustand des Lichts gibt, so ist es auch der Zustand eines Menschen. Dunkelheit unter der Lampe ist ein Sprichwort. Dies ist die Dualität von Licht und Dunkelheit. Die Dunkelheit ist nicht das Ende.

विकार रहित संयमी शरीर ही तप का अधिकारी है। शरीर, प्राण, मन और बुद्धि का संयम आवश्यक है। योग और प्राणायाम सहयोगी हैं। साधारणतयः हवा को प्राणवायु कहते हैं। "जैसा अन्न वैसा मन" भोजन का सत्व जठराग्नि द्वारा शक्ति में परिवर्तित हो, प्राण शक्ति का नाड़ियों में संचार कर जीवन देता है।

Ein störungsfreier, beherrschter Körper hat Anspruch auf Buße. Die Zurückhaltung von Körper, Seele, Geist und Intellekt ist unerlässlich. Yoga und Pranayama sind Verbündete. Im Allgemeinen wird die Luft Pranavayu genannt.

"Wie das Essen, so der Geist." Die Substanz der Nahrung wird durch das Verdauungsfeuer in Kraft umgewandelt; Es gibt Leben, indem es die Lebenskraft in den Nerven überträgt.

जिंदगी बदलती रहती है इसलिए बदली जा सकती है !!

Life keeps changing so it can be changed !!

NAGAR CHAUPAL

नागर (वि०) १ – नगर सम्बन्धी । २ – नगर – निवासियों से सम्बन्ध रखने वाला । ३ – चतुर । (पु) १ – नगर का निवासी । २ भला आदमी ।

Nagar (adj.) 1 - bezogen auf die Stadt. 2 - Stadt - in Bezug auf die Bewohner. 3 - Klug. (n.) 1 - Bewohner der Stadt. 2 - guter Mann.

चौपाल (स्त्री ०) १ – चारों ओर से खुली हुई बैठक जिसमें गाँव के लोग पंचायत करते हैं २– एक प्रकार की पालकी ।

Chaupal (femn.) 1 - Von allen Seiten offene Versammlung, in der die Leute des Dorfes Panchayat machen 2 - Eine Art Sänfte.

मनुष्य एक सामाजिक प्राणी है आदि से आधुनिक काल तक सभ्यता के अथक प्रयत्नों के उपरांत आज हम इस प्रकार स्वयं को विकसित अर्थात शिक्षित और सभ्य कह कर गौरव करते हैं। व्यक्तिकता से सामूहिकता के सिद्धांत पर अनेक प्रकार से इसका नियमिकरण और प्रबंधन स्थापित हुआ है। वसुधैव कुटुंबकम इसकी प्राचीन विकसित अवधारणा है। 16 महाजनपद (प्राचीन इतिहास)

अर्थार्थ राजतंत्र से गणराज्य , गणराज्य से लोकतंत्र जो भिन्न-भिन्न देशकाल परिस्थितियों में अन्योन प्रकारों से जानी जाती रही है। आज का संयुक्त राष्ट्र संघ व अनेक नामांकित संघ इसी प्राचीन वसुधैव कुटुंबकम् की अवधारणा का ही प्रमाण है ।

Der Mensch ist ein soziales Tier, und nach den unermüdlichen Bemühungen der Zivilisation von den Anfängen bis zur Neuzeit können wir uns heute stolz als entwickelt, also gebildet und zivilisiert bezeichnen. Seine Regulierung und Verwaltung beruhte in vielerlei Hinsicht auf dem Prinzip der Kollektivität und der Individualität. Vasudhaiv Kutumbakam ist sein altes entwickeltes Konzept. 16 Mahajanapadas (Alte Geschichte), die von der Monarchie über die Republik bis zur Demokratie reichen und in unterschiedlichen Zeitrahmen auf unterschiedliche Weise bekannt sind. Die heutige Organisation der Vereinten Nationen und viele andere namentlich genannte Organisationen sind der Beweis für dieses alte Konzept von Vasudhaiv Kutumbakam.

ऐसे में काल ऐतिहासिक नागर एवं चौपाल जैसे शब्द भाषा विज्ञान आधार से एकोहम बहुस्याम: क

ब्रह्म प्राकट्य तथा द्वैत–अद्वैत के सिद्धांत से प्रतिपादित, यह एक नागरिकता की पहचान से उत्पन्न आधुनिक अंकगणितीय वैज्ञानिक अवधारणा है।

In einer solchen Situation werden Wörter wie historisches Nagar und Chaupal auf der Grundlage der Linguistik, der Theorie von Brahma Prakatya, Ekoham Bahusyamh und Dvaita Advaita vorgeschlagen. Es handelt sich um ein modernes numerisches wissenschaftliches Konzept, das aus der Identität der Staatsbürgerschaft hervorgeht.

वसुधैव कुटुंबकम की अंतर्निहित भावना से सेवा – सह कारिता की कार्य प्रणाली पर आधारित कार्य उद्देश्य हेतु स्वतः स्फूर्त व्यक्तियों द्वारा जो व्यक्तिगत एवं सामाजिक जीवन स्तर के उन्नयन हेतु शारीरिक मानसिक एवं आध्यात्मिक पक्ष पर संरचनात्मक सौंदर्य बोध तथा प्राकृतिक सृष्टि बोध को उन्नत बनाने एवं करने का उद्देश्य रखते है ।

Mit dem zugrunde liegenden Geist von Vasudhaiv Kutumbakam, für den Zweck, der auf der Arbeitsmethode der Dienstleistungskooperation basiert, durch selbstmotivierte Einzelpersonen, auf der physischen, mentalen und spirituellen

Seite, für die Verbesserung des persönlichen und sozialen Lebensstandards, für die Verbesserung und Verbesserung des strukturelle Ästhetik und natürlicher kreativer Sinn.

प्रारंभिक 10 , प्रति सदस्य अन्य नए 10 सदस्यों को आमंत्रित कर उन्हें भी, प्रति सदस्य 10 नए सदस्यों को बनाने का अनुरोध कर के इस परंपरा को अग्रगामी करेंगे ।

Die anfänglichen 10 pro Mitglied werden diese Tradition fortsetzen, indem sie weitere 10 neue Mitglieder einladen und sie auffordern, ebenfalls 10 neue pro Mitglied zu machen.

Total → 10

5000

\+ 5000

10,010

or

10,000 + 10

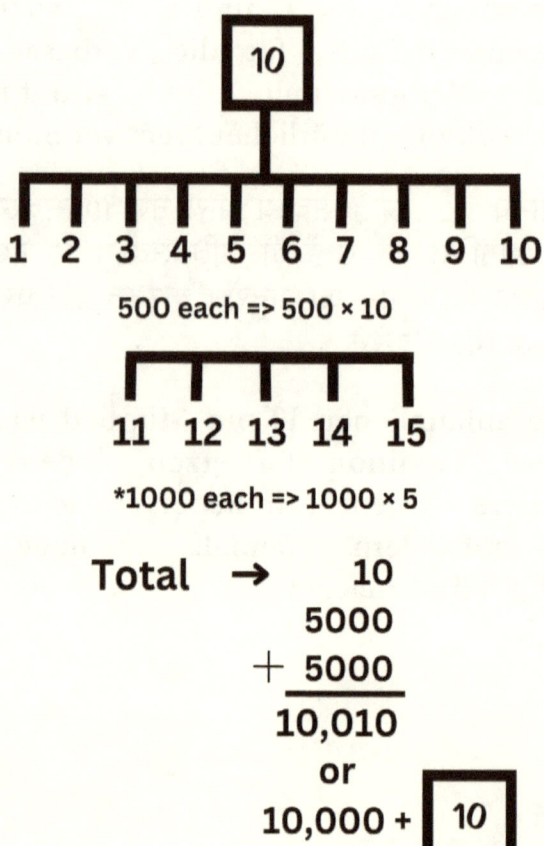

॥ श्री गुरु ॥

अगम्य अगोचर ब्रह्मसि महाकाल विश्वात्माः ।
श्री चित्र गुप्तं शरणं समर्पयामि अहं ब्रह्मास्मि ॥

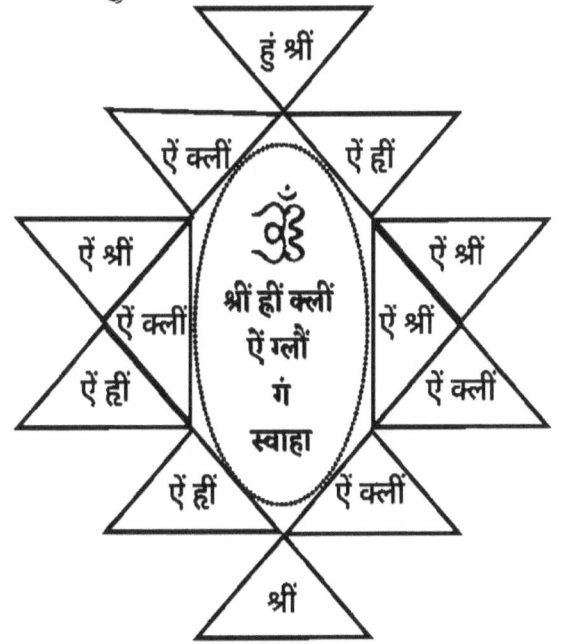

सर्वमनःकामनाः पूर्णाय कुटुंब प्रीत्याः हितार्थे ;
सर्वविघ्नबाधाः हृत्वा कल्याणं योग्यतां प्रदेहि ।

ॐ

* दर्शन और ध्यान से सम्पूर्ण लाभ प्रदान करने वाला श्री चित्रगुप्त महायंत्र

> ब्राह्मण, क्षत्रिय, वैश्य, शूद्रं च कर्मरूपम्।
> चित्रगुप्तवंशीय द्वादश गौड ब्राह्मणाः।।
> यस्य कीर्तिश्चन्द्र सूर्येव अक्षुणम्।
> प्रकृत्या ध्यानस्थ अयमेव कायस्थाः।।

ब्राह्मण, क्षत्रिय, वैश्य और शूद्र कर्म के रूप हैं।

चित्रगुप्त वंश के बारह गौड ब्राह्मण हैं।।

जिनकी कीर्ति चंद्रमा और सूर्य के समान अक्षुण्ण है।

यह स्वभाव से ही ध्यान में रहने वाले कायस्थ हैं।।

Brahmane, Kshatriya, Vaishya und
Shudra sind die Formen von Karma,
Es gibt zwölf Gaud-Brahmanen
Chitragupt-Dynastie.
Dessen Ruhm ist ebenso ungebrochen wie der
Mond und Sonne,
Sie sind die Kayasthas, die es sind
von Natur aus meditativ.

THE CHITRA

यह संपूर्ण सृष्टि जगत जो चित्र रूप से दृष्टिगोचर है। व्यापक ब्रह्म प्रकट रूप से "चित्र" नामक एक वैदिक देवता।

Dieses gesamte Universum, das in Form eines Bildes sichtbar ist. Das umgebende Brahma ist offensichtlich eine vedische Gottheit namens "Chitra".

> ब्रह्माण्ड-सद्-गुणाज्जात-श्चित्रोऽहं मनुकारकः ।
> मया ततं च त्रैलोक्यं स्वायम्भुव नमोऽस्तुते ॥

मैं ब्रह्माण्ड के सत् गुण से उत्पन्न, मनुओं का बनाने वाला चित्र हूँ और त्रिलोक व्यापी उस स्वयंभू को नमस्कार करता हूँ।

Ich bin das Bild, das von der Sat (Sattva)-Guna des Universums und dem Schöpfer des Manus geschaffen wurde. und ich verneige mich vor diesem Selbst-Existierenden, einem, der in allen drei Welten allgegenwärtig ist.

चित्र (पु) (सं) १– रेखाओं अथवा रंगों द्वारा बनी हुई किसी वस्तु की आकृति । तस्वीर ।
२–प्रतिकृति (फोटो) । ३–मस्तक पर चन्दन आदि का चिन्ह। ४– सजीव और विस्तृत विवरण ।
५–अलंकार का भेद । ६–काव्य का एक भेद जिसमें व्यंग की एक प्रधानता नहीं रहती । ७ आकाश । (वि०) १ अद्भुत २– रंग–विरंगा ।

Abbildung (Masc) (n) 1- Die Form eines Objekts, die durch Linien oder Farben erzeugt wird. Bild. 2 - Replik (Foto). 3 - Anzeichen von Sandelholz usw. am Kopf. 4- lebendige und detaillierte Beschreibung. 5 Arten poetischer Mittel. 6-Eine Unterscheidung der Poesie, in der die Satire nicht vorherrscht. 7-Himmel. (Verb) 1-Erstaunlich 2-Bunt.

बुद्धं शरणं गच्छामि ।
संघं शरणं गच्छामि ।
धम्मं शरणं गच्छामि ।
Gautam Buddha
The Siddhartha Gautam
563 BCE to 483 BCE.

Sant Kabir Saheb

Kabir Das

1398-1518

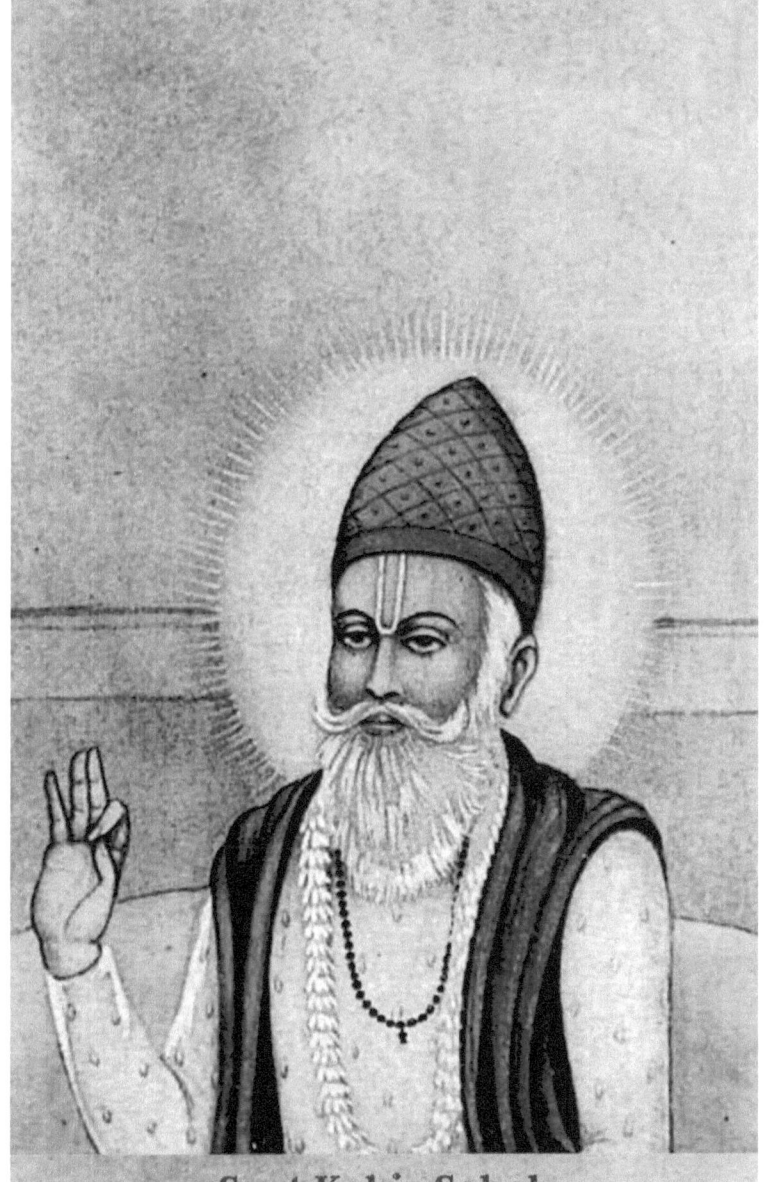

Dayananda Sarasvati
Mool Sankara
1824 - 1883

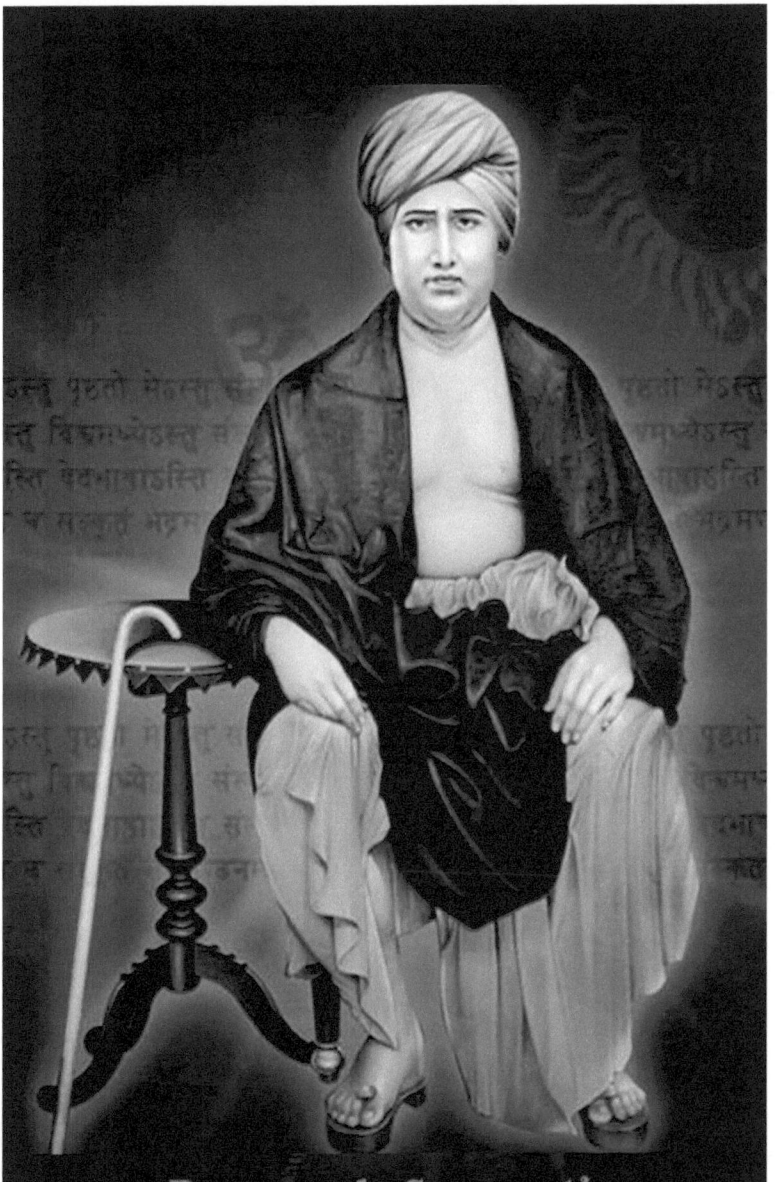

Swami Vivekananda
Narendranath Datta
1863 – 1902

Shree Mata ji
Nirmala Srivastava
1923 - 2011

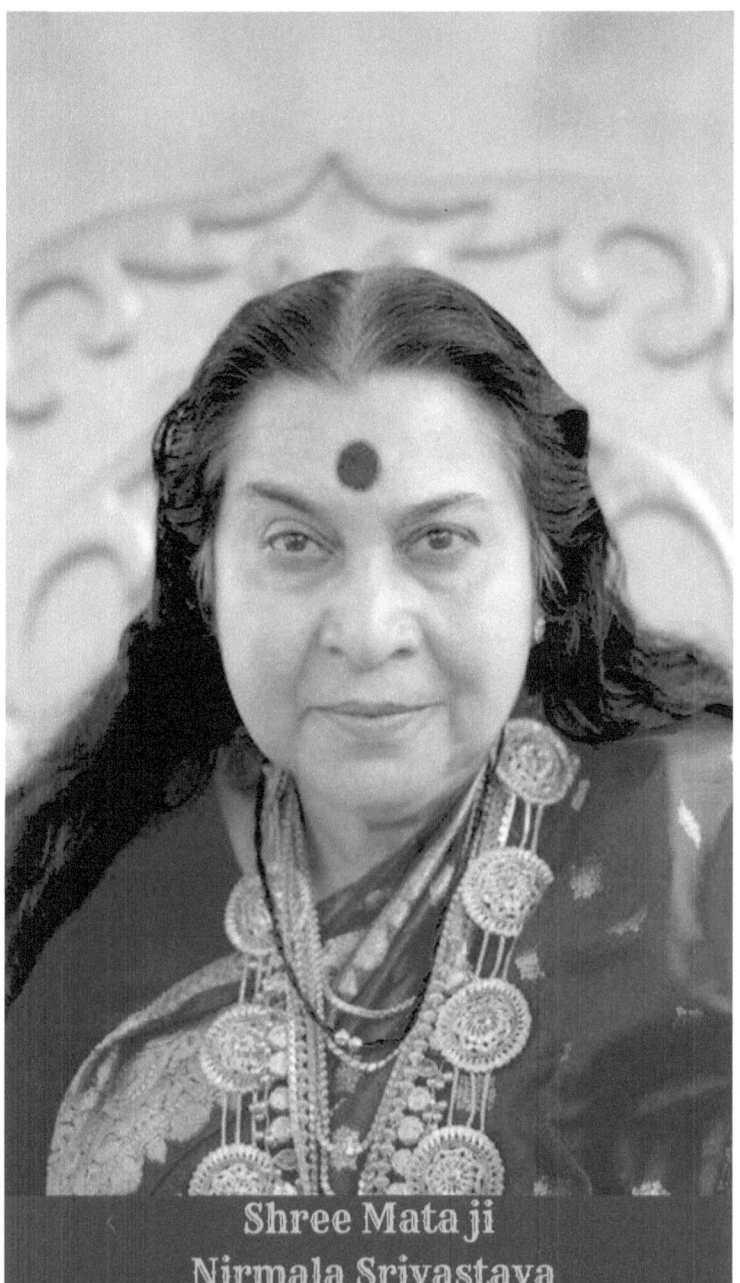

Rajneesh Osho
Chandra Mohan Jain
1931-1990

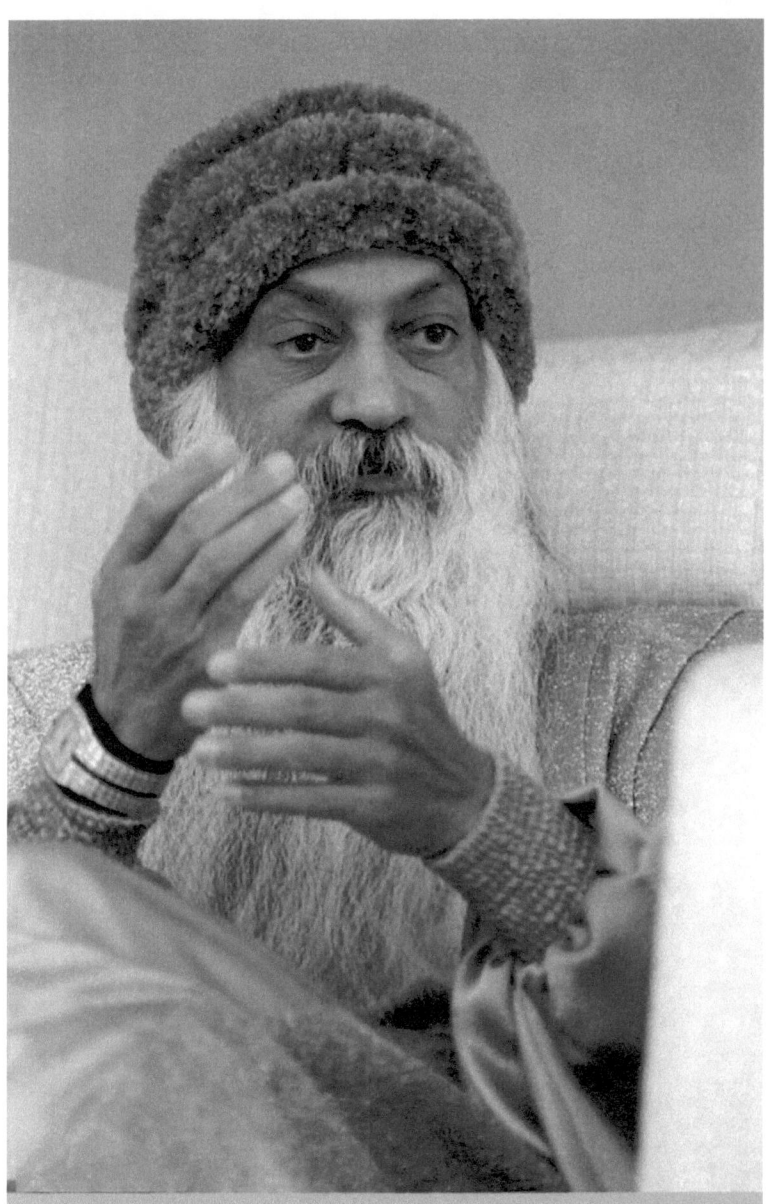

कर्मण्येवाधिकारस्ते मा फलेषु कदाचन ।
मा कर्मफलहेतुर्भुर्मा ते संगोऽस्त्वकर्मणि ॥

You have the right only in doing your duty, never in its results. That's why neither be attached to the result of your work not to indolence.

Lord shree Krishna

अंशुमान
की
प्रेम अंक
और
विवाह
अंशुमान
की
सरल वास्तु
ज्ञान
ग्रन्थावली
Asleep Awake
प्राचीन ब्राह्मण एवम् बौद्ध
परम्पराओं में नारी

ÜBER DEN AUTOR

Anshuman, wohnhaft in Gorakhpur, Uttar Pradesh, Indien. Ein traditioneller Schriftsteller verschiedener Themen, drückt seine neue Sichtweise in seiner natürlichen Form durch das Schreiben aus. Mit dem Beginn des einundzwanzigsten Jahrhunderts in (2003) durch die erste veröffentlichte, "Prem ,Ank aur Vivah ", Liebe, Zahl und Ehe erkannt. "Saral Vastu Gyan" (2006), englische Version (2021). "Buch der Psychiatrie " - "BRAHMAYAM" . Sie erhalten kosmische , spirituelle und einen wahren Weg zu sich selbst zu treffen . Autor standardmäßig !

www.ingramcontent.com/pod-product-compliance
Lightning Source LLC
La Vergne TN
LVHW041616070526
838199LV00052B/3167
* 9 7 8 9 3 6 0 4 9 6 4 1 8 *